MIX

Papier aus ver-
antwortungsvollen
Quellen
Paper from
responsible sources

FSC® C105338

AF285025

© 2021, Sabine Staadt
Herstellung und Verlag: BoD – Books on Demand, Norderstedt
ISBN: 9783754311721

Ich weiß nicht, wie es euch geht, aber mir passieren in meinem Leben immer wieder komische, peinliche und / oder auf den ersten Blick ärgerliche Dinge. Und manchmal neige ich dazu, nur die negativen Seiten daran zu sehen. Meistens aber bemühe ich mich, sie als das zu sehen, was sie sind: Kleine Schabernacke, die mein Leben ein bisschen lustiger machen können. Und im besten Fall hat man ein paar lustige Geschichten zu erzählen, wie ihr an diesem Büchlein sehen könnt.

Alles begann damit, dass ich zu einem Urlaub in die USA aufbrach um meine Verwandten zu besuchen. Bei den Vorbereitungen und auch während des Urlaubs wurde mir deutlich bewusst, dass ich ein ausgesprochenes Geschick und Gespür für große Sprünge (mit Anlauf!) in Fettnäpfchen und andere besondere Situationen habe. Dieser Urlaub war so prägend, dass mir auch im Nachhinein immer mehr komische, dramatische und skurrile Situationen in den Sinn kamen, die ich bisher erlebt hatte. Bei genauem Hinsehen fiel mir schnell auf, dass ich immer wieder in solch denkwürdige Lagen gerate. Die in diesem Buch enthaltenen Geschichten sind alle so oder so ähnlich passiert – oder zumindest habe ich sie so wahrgenommen – da scheiden sich in einigen Fällen die Geister.

Und nun, viel Spaß beim Lesen!

Ich finde, man soll
bei all dem Ernst
auch mal wieder ein
wenig peinlich sein!

Ballettstunde

Dass ich schon als Kind eine besondere Fähigkeit für sagen wir mal besondere Auftritte hatte, beweist folgende Geschichte: Als ich etwa sechs Jahre alt war, begleitete ich meine beste Freundin Nina zu einer ihrer Ballettstunden. Nina besuchte die Tanzschule schon eine Zeit lang und war auf dem besten Weg eine Ballerina zu werden. Und da beste Freundinnen so viel wie möglich zusammen machen wollen und dank „Anna" jedes Mädchen Ballett tanzen wollte, war diese Schnupperstunde eine super Gelegenheit.

Ganz aufgeregt fieberte ich meiner wie ich meinte unausweichlichen Tanzkarriere entgegen. Doch schon in der Umkleidekabine hätte mir auffallen müssen, dass ich anders war als die anderen Mädchen. Aber meine Euphorie schickte die Zweifel schon mal vor in die Tanzhalle. Dort warteten sie denn auch brav auf mich und wiesen mich hämisch auf die versteckten Blicke der Tänzerinnen hin (Ballerinen sind ja wohlerzogene Mädchen, die lachen einen nicht direkt aus). Und erst jetzt fiel mir auf, dass ich optisch vielleicht etwas aus dem Rahmen fiel: Während alle anderen Mädels Ballettschuhe, Strumpfhosen und Bodys in zartrosa trugen (ein Outfit, das im Nachhinein betrachtet auch nicht perfekt erscheint!), hatte ich mich zur Feier des Tages in meinen schicksten, knallroten und sehr flauschigen Jogginganzug geschmissen. Und ich muss gestehen, dass ich in Sachen Tanz das einhielt, was mein Äußeres versprach. Während die Ballerinen grazil auf Zehenspitzen an der Stange entlang tänzelten, sah ich mir gegenüber im Spiegel ein rotes Etwas auf und abspringen, begleitet von rhythmischen (na, wenigstens war ich im Takt) Stampfgeräuschen. Diese Beweise der Erdanziehungskraft waren aber wirklich nicht zu verhindern. Denn passend zu meinem super Outfit hatte ich selbstredend keine Ballettschuhe oder auch nur die guten alten Turnschläppchen an, die ich mit Sicherheit besaß (aber die wären für den Jogginganzug jawohl zu fein gewesen), nein, ich hatte mich für meine weißen Lieblingsturnschuhe entschieden.

Tja, es sollte sich noch herausstellen, dass diese Ballettstunde wohl zum ersten Mal mein „Geschick" und unfassbar guten Geschmack bei der Wahl meiner Outfits zu besonderen Anlässen zum Vorschein brachte.

In Bezug auf die Ballettschule kam es jedenfalls, wie es kommen musste: Als roter Knallball konnte ich die Stunde nicht wie gewollt und erträumt genießen. Nina und ich beschlossen daraufhin, dass wir ein Zeichen für alle besten Freundinnen setzen und nicht alles gemeinsam machen wollten. Also entschied ich mich, während Nina elegant durchs Leben tänzelte, für eine Sangeskarriere und meldete mich hochmotiviert im Kinderchor an. Und auch wenn ich mich in Sachen Singen hartnäckig zeigte und bis ins Jugendalter stoisch dabei blieb, war das Ergebnis das Gleiche: Talent ist anders. Aber Hauptsache, ich hatte meinen Spaß!

Heute

ist ein guter Tag

fuer

PILLEPALLE!

Ein besonderer Theaterbesuch

Da ein bisschen Kultur ja nie schaden kann, haben Tanja und ich beschlossen hin und wieder einen Theaterbesuch zu absolvieren. Wobei selbst „hin und wieder" ein bisschen hoch gegriffen ist! Aber besser selten als nie.

Im Januar war es wieder soweit, wir fuhren gespannt und freudig aufgeregt ins Theater. „Das Narrenschiff" wollten wir uns anschauen. Um den Inhalt kurz zusammen zu fassen: Es begeben sich einige spezielle Menschen wie ein Nazi, ein Jude, ein Baseballspieler, eine Platinblondine etc. Ende der 30er Jahre auf eine Schiffsreise. Es handelt sich also durchweg um markante Typen, die ohne viel Aufwand so darzustellen wären, dass jeder (also auch so Kunstbanausen wie Tanja und ich) sie problemlos erkennen könnte. Sollte man meinen.

Tanja und ich begaben uns also auf unsere Plätze. Die einzigen freien Plätze im gesamten Theater befanden sich übrigens um uns herum, sodass wir auch aus der 5. Reihe heraus 1.-Reihe-Sicht hatten.

Und dann ging es los: Eine halbnackte Model-Braut stolzierte mit ihrem Mini-Bräutigam wortlos vor der Bühne herum. Als die beiden verschwunden waren (warum sie überhaupt da waren, weiß ich bis heute nicht), öffnete sich der Vorhang. Da ich aufgrund der Inhaltsangabe ein Schiff erwartet hatte, folgte sofort nach dem kuriosen Brautpaar die nächste Irritation. Denn anstatt eines pompösen Kreuzfahrtschiffes erblickten meine erstaunten Augen riesige weiße, ineinander verkeilte Stäbe, die meiner Meinung nach einen Zaun darstellen sollten.

Im Laufe des Stücks fand ich nämlich heraus, dass die Schattenfiguren, die ununterbrochen auf der Leinwand herum liefen, Strauße waren, und die mussten bestimmt im Gehege bleiben. Erkennt jemand den Zusammenhang zu einer Amerika-Kreuzfahrt? Nein? Ich auch nicht.

Aber um auf den Zaun zurück zu kommen: Darin räkelten sich aus mir bis heute unerfindlichen Gründen halbnackte Menschen. Vorne links kam der kleine Bräutigam wieder auf die Bühne gehüpft, kletterte auf ein Flipchart und blätterte fleißig ein Blatt nach dem anderen um. Darauf waren so aufschlussreiche Schlagworte wie „Sehnsucht", „Liebe" und „Oralsex" zu lesen.

Ich war immer verwirrter und riskierte einen Blick auf Tanja und den Rest des Publikums. Alle Zuschauer blickten wie gebannt auf die Geschehnisse auf der Bühne. Tanja war gerade dabei, einen Schokoriegel auszuwickeln, allerdings gaanz langsam, um alle Geräusche zu vermeiden und die spannungsgeladene Action auf der Bühne nicht zu stören. Vielleicht würde mir ein bisschen Schoki dabei helfen, dem Stück besser folgen zu können? Wohl kaum.

Die halbnackten Menschen schälten sich mittlerweile aus dem Zaun heraus und begannen mit einem eindrucksvollen Ausdruckstanz. Kurzzeitig hellte sich meine Stimmung etwas auf, für einen guten Ausdruckstanz bin ich ja immer zu haben. Meine Verwirrung stieg allerdings wieder, als ich begriff, dass es sich nicht um ein auflockerndes Tanz-Intro handelte. Die hörten gar nicht mehr auf damit und auf der Bühne tanzten immer mehr Leute, während der kleine Bräutigam immer weiter die Flipchart-Blätter umblätterte. Leicht verstört blickte ich mich im Publikum um. Alle starrten wie gebannt und scheinbar begeistert auf die Bühne. Hatten die etwa schon vorher gewusst, was sie erwarten würde? Der Anblick von Tanja gab mir keine Aufschlüsse darüber, wie sie dieses Erlebnis aufnahm. Auch sie hatte ihren Blick auf das tanzende Volk gerichtet und verzehrte genüsslich den Schokoriegel. Die ganze Szene, inklusive dem gebannten Publikum und der Schoko-essenden Tanja wirkte wirklich surreal.

Aber da alle so gespannt das Geschehen auf der Bühne verfolgten, beschloss ich, mich auch wieder auf das Stück zu konzentrieren. Leider verstand ich nicht besonders viel.

Ein Mann zog sich an verschiedenen Stellen auf der Bühne aus und sofort wieder an – ich verstand und verstehe nicht, weshalb er einen roten Spitzenslip trug. Tanja vermutete, dass er einen Schwulen darstellen sollte.

Ein Latino tanzte mit einer Frau, hatte vielleicht Sex mit ihr und ließ sie allein. Ununterbrochen liefen die Schatten-Strauße im Hintergrund auf und ab. Mehr Details kann ich von dem Stück leider nicht wiedergeben.

Im Verlauf des Stückes sorgte ein anderer Mann für ein mulmiges Gefühl bei Tanja und mir. Er lief wie von Sinnen und mit einer riesigen Gartenschere bewaffnet, die er ständig auf- und zuschnappen ließ, über die Bühne. Uns beschlich zwischenzeitlich die Angst, dass er rasend vor Wut das Publikum mit ins Stück einbeziehen und einigen Zuschauern Finger oder Ähnliches abschneiden würde. Zum Glück erwies sich diese Sorge als unbegründet. Auch der Zusammenhang zum Originalstück erschloss sich mir in keiner Weise. So völlig im Dunkeln tappend schwand mein Spaß an dem Stück nach und nach. Nach einer guten Stunde konnte ich die Pause kaum noch erwarten. Ich überlegte noch, ob ich so unverschämt sein und Tanja fragen könnte, ob wir die zweite Halbzeit schwänzen sollten, als das Theaterstück unvermittelt endete. Die Darsteller hüpften nacheinander zur Bühnenmitte um sich von den begeisterten Zuschauern feiern zu lassen. Und das taten sie. Frenetischer Jubel entbrannte! Der Mann neben Tanja konnte sich kaum auf seinem Stuhl halten, beschränkte sich aber auf wildes Klatschen und mit-dem-Kopf-wackeln. In den hinteren Rängen waren nicht alle so diszipliniert – einige Zuschauer sprangen auf und ließen ihrer Begeisterung in Form von lauten Jubelrufen freien Lauf. Als die Ausdruckstänzer sich zum zweiten Mal zu ihrem Verbeugungsmarathon aufmachten, wagte ich einen Blick in Tanjas Richtung. Sie klatschte zwar, aber ihr Blick war so, wie ich meinen eigenen einschätzte. „Ich bin ein bisschen verstört", flüsterte ich ihr in aller Kürze meinen Gemütszustand zu. Ihre Antwort beruhigte mich ungemein: „Ein bisschen? Bin total verstört!" Wir klatschten dann brav mit, bis die Lichter auf den Brettern, die die Welt bedeuten, endgültig erloschen und verließen verwirrt den Saal. Zu meiner Erleichterung hatte Tanja genauso viel bzw. wenig verstanden wie ich. Wir kamen zu dem Schluss, dass unser Kunstverstand für solch experimentelle Stücke bei Weitem nicht ausreicht und beschlossen, uns beim nächsten Mal besser über die Interpretationsfreudigkeit des Regisseurs zu informieren. In Zukunft würden wir zu wilde Experimente meiden und uns „traditionelle" Theaterstücke ansehen.

Und wer weiß, vielleicht entwickeln wir ja mit der Zeit so viel Kunstverstand, dass wir genauso ausflippen wie die Jubel-Zuschauer bei diesem mit Sicherheit tollen Stück?!

Ein Eis hat man sich immer verdient!

Auto – Scooter – Fahrt

Meine erste Auto – Scooter - Fahrt prägte mich für den Rest meines Lebens, in mehreren Hinsichten. Aber das erklärt sich von selbst, wenn ihr die Geschichte lest:
Als ich im Kindergarten war, fuhren wir zur Kirmes in den Ort, in dem meine Oma, Tanten, Onkel und etliche andere Verwandte leben. Meine Patentante ging mit mir zum Kirmesplatz, meine Eltern und Oma blieben zu Hause.
Dort angekommen wollten wir etwas Verwegenes tun und fuhren mit dem Auto – Scooter. Nun kam es wie es kommen musste: Während eines Zusammenstoßes mit einem anderen Auto flog ich mit dem Gesicht gegen das Lenkrad und schlug mir die Lippe auf. Sofort gerieten alle in Panik, denn eins war klar: Wenn meine Oma davon erfahren würde, könnten wir uns auf einen dramatischen Auftritt sondergleichen gefasst machen – und für alle Beteiligten (womit auch meine Eltern gemeint waren, denn sie haben mich ja mit dem jungen, verantwortungslosen Gemüse mitgegeben und waren damit um keinen Deut besser) gäbe es selbst in ferner Zukunft nichts zu lachen, statt dessen aber vorwurfsvolle Blicke, gepaart mit laut herausposaunten Vorwürfen, die mit Beleidigungen verschiedenster Art verfeinert wären.
Also musste ganz schnell eine Lösung her, und sie war auch schnell gefunden: Da ich von Herzen gern mit Puppen spielte, durfte ich mir in dem rollenden Spielzeugladen, der damals wie heute nur erlesenste Ware anbietet, eine Puppe aussuchen.

Meine Wahl fiel auf eine, die fast so groß wie ich selbst war, einen schlaffen Körper hatte und so unsagbar hässlich war, dass ich noch nicht mal mein zartes Alter als Ausrede nehmen kann. Naja, im Zweifelsfall halten halt wieder die inneren Werte her.

Aber mit dem Kauf der Puppe war der Spaß noch nicht vorbei. Natürlich wurde mir zunächst erklärt, dass mein Unfall ein Zufall war, über den wir nicht mehr sprechen müssten, vor allem, da meine Lippe ja auch gar nicht mehr bluten würde. Und außerdem wäre es doch quatsch, die Oma und die Mama unnötig aufzuregen. Dies alles verstand ich und versprach ernsthaft daran glaubend, mit niemandem über den Vorfall zu sprechen. Im Anschluss daran durfte ich mir einen Namen für die Puppe aussuchen und sie wurde feierlich im Festzelt getauft, natürlich standesgemäß mit Paten und allen anwesenden Kirmesgästen. Im Anschluss an den Festakt, an dem wohlgemerkt außer mir nur Erwachsene teilgenommen haben, wurde noch ein wenig gefeiert, und alle außer der kleinen Rita (benannt nach ihrer Patentante) und mir tranken noch ein paar Kirmesbierchen auf unser beider Glück.

Zu Hause angekommen wurde Rita natürlich von allen Daheimgebliebenen gebührend bestaunt. Gern gab ich meiner Oma Auskunft, dass ich sie bekommen habe, weil ich mir beim Auto-Scooter weh getan hatte und zeigte ihr bereitwillig meine Narbe.

Hier endet die Geschichte leider abrupt. Bis heute hat niemand auch nur ein Wort darüber verloren, wie es weiter gegangen ist. Woraus ich schließe, dass ich auch heute noch zu jung bin, um das Ende der Geschichte und vermutlich die Wortwahl meiner Oma verkraften zu können.

Und was jetzt?

Nichts.

Tanken mal anders

Vor unserer Fahrt von Trier nach Hause fuhren wir oft noch nach Luxemburg tanken. So auch an diesem Freitag. Meine Mitbewohnerin tankte ihr Auto voll und ging in die Tankstelle zum Bezahlen. Nach kurzer Zeit kam sie mit rotem Kopf und offensichtlich peinlich berührt ans Auto. Sie hatte ihr Geld in der Wohnung in Trier vergessen und musste es holen fahren - zu dieser Zeit bezahlten wir noch nicht mit EC - Karte. Da die Mitarbeiter der Tankstelle uns aber nicht so einfach fahren lassen wollten, mussten wir ein Pfand da lassen. Im Normalfall wurde glaube ich der Personalausweis oder Führerschein zurück gelassen. Aber meine Mitbewohnerin hat eine ganz besondere Art von Humor, also blieb ich auf der Tankstelle, bis sie mit dem Geld wieder zurück war.

Und natürlich wurde ich von allen argwöhnisch beobachtet, wie ich so ohne Plan durch den Verkaufsraum schlich. Die Kunden dachten wahrscheinlich ich wäre ein Dieb der besonders auffällig-dämlichen Sorte und freuten sich bereits auf die Szene, wenn ich überführt werden würde. Und die Angestellten wussten die Situation überhaupt nicht einzuschätzen, so was hatten sie noch nie gesehen. Vielleicht hatte Miri sich einfach aus dem Staub gemacht und würde mich dort hilflos zurücklassen? Aber was sollte schon passieren - die einzigen Möglichkeiten, die ich sah, waren: 1. ich blieb in der Tankstelle wohnen. Bei näherer Betrachtung würde es sich dort auch gar nicht schlecht leben lassen, immer genug zu Essen und

Trinken, jede Menge neue Leute,... Ok, keine langfristige Perspektive. Dann auf zur zweiten Alternative: Die Flucht zu Fuß. Mir als bekennendem Bewegungs-Phobiker entlockte diese Möglichkeit jedoch nur ein müdes Lächeln. Aber das konnten die Mitarbeiter der Tankstelle natürlich nicht wissen. Auszuschließen für alle war nur, dass ich mich per Anhalter davon machen würde - dafür war meine Existenz in der Tankstelle einfach zu grotesk.

Zu meinem Glück ist meine Mitbewohnerin eine sehr verlässliche Person, nach gar nicht allzu langer Zeit kam sie mich auslösen, und alle Beteiligten waren erleichtert darüber!

Und ich kontrolliere seitdem immer vor dem Tanken, ob ich auch wirklich bezahlen kann. Oder ich nehme jemanden mit, den ich zur Not als Pfand verwenden kann.

Unfug

denkt man sich nicht aus

Unfug

wird's von ganz allein.

Frankfurter Buchmesse

Oh man, war das ein Tag! Ich bin immer noch ganz aufgeregt! An einem schönen Sonntagvormittag traf ich mich mit MundE an einer Tankstelle, damit wir gemeinsam nach Frankfurt zur Buchmesse fahren konnten. Weil mein Auto den ganzen Tag dort stehen bleiben sollte, wollte ich selbstverständlich einen sicheren Platz dafür finden. Das stellte sich allerdings als nicht gerade einfaches Unterfangen heraus und wir mussten einige Parkplätze ausprobieren, bis wir alle zufrieden waren. Wobei „nicht-abgeschleppt-werden" natürlich oberste Priorität hatte. Mit einem einigermaßen sicheren Gefühl schmiss ich mich auf die Rückbank des roten BMWs und schon ging es los ins „Abenteuer Buchmesse".

Kaum in Frankfurt angekommen, stiegen meine Freude und meine Aufregung ins nahezu Unermessliche und ich war kaum mehr Herr meiner Sinne. Dies ist zu meinem Bedauern wörtlich zu verstehen. Denn neben dem Dauergrinsen, dämlichen Gehüpfe und Geklatsche verlor ich für den restlichen Tag die Fähigkeit, in Zimmerlautstärke zu sprechen. Was natürlich unweigerlich zu etlichen peinlichen Situationen führte.

Und die erste ließ nicht lange auf sich warten. Noch auf dem Weg zum Parkhaus zu den Messehallen fielen mir die ganzen verkleideten Menschen auf. Die Verkleidungen reichten von einfachen Mickey-Mouse-Ohren bis hin zu kompletten Kostümen inklusive buntem Makeup. Ich war wirklich verblüfft! Hätte ich gewusst, dass das Verkleiden hier zum guten Ton gehört, hätte ich mich doch angepasst. Und für den Fall, dass MundE die kostümierten Menschen um uns herum nicht gesehen hatten, kommentierte ich alle Verkleidungen. Schnell senkten die beiden ihre Köpfe, sonst reagierten sie in keiner Weise auf meine geistreichen Interpretationen der Kostüme. Erst als sie merkten, dass ich mich davon nicht entmutigen ließ und munter weiter plapperte, erklärte Michael mir zischend und ohne mich dabei anzusehen, dass man mich im Umkreis von mindestens fünf Metern hören könnte und bat mich still zu sein. Etwas verdattert und auch leicht beleidigt hielt ich erst einmal meinen Mund: Ich war doch lustig gewesen, wieso wollten sie das denn nicht hören?

Erst später, als die Massen der Verkleidungswütigen immer größer und die Kostüme immer abgefahrener wurden, wurde ich etwas ruhiger. Und schließlich verstanden wir auch, was das Alles mit dieser Buchmesse zu tun hatte: Mangas. Das waren die Fans, super!

Aber soweit waren wir noch lange nicht! Erst einmal ging es hinein in die heiligen Hallen! Mensch, war ich aufgeregt! Und natürlich immer noch entsprechend aufgedreht! Verzückt lächelnd schlenderte ich durch die Gänge, sah mir alles ganz genau an und fasste so viele Bücher wie möglich an! Es war einfach herrlich!!!

Und schon steuerten wir zielsicher auf den nächsten Höhepunkt zu: Ein Interview mit Roger

Willemsen. Bin immer noch begeistert von dem Mann! Hatte ihn schon im TV in einigen Interviews gesehen und fand ihn immer total unterhaltsam und witzig! Daraufhin habe ich mir ein Buch von ihm gekauft. Leider muss ich gestehen, dass ich es nicht verstanden habe, beim Schreiben lässt sich seine übermäßige Intelligenz wohl nicht zurück halten. Oder, natürlich viel unschmeichelhafter für mich, meine relative Intelligenz fährt beim Lesen noch zusätzlich auf Sparmodus zurück. Ach, bestimmt ersteres!

Und auf jeden Fall war Roger Willemsen an diesem Tag in super Hochform! Es hat so viel Spaß gemacht ihm zuzuhören, wir haben komplett die Zeit vergessen!

Und hätten dabei fast den nächsten Knaller verpasst: Ben Becker! Er hat ein Kinderbuch geschrieben und dieses am Stand seines Verlages signiert. Da sich mir der Sinn von Autogrammen nicht erschließt, schaute ich ihm einfach beim Unterzeichnen zu. Genau wie viele andere Schaulustige übrigens auch, bin also (zumindest in dieser Hinsicht) kein Freak. Neben mich gesellte sich eine Mutter mit ihrer Teenager-Tochter. Die beiden starrten zu Ben Becker hinüber. Nach ein paar Minuten fragte das Mädchen ihre Mutter, wer der Mann überhaupt sei, wegen dem sie nun da stünden. Ich erwartete eine flammende Fan-Ansprache der Mutter, doch zu meinem Schrecken zuckte sie nur mit den Schultern. Und was mich noch mehr verwunderte: Obwohl die beiden keine Ahnung hatten, wen sie da eigentlich anguckten, blieben sie weiterhin neben mir stehen. Und genau deswegen sind sie meiner Meinung nach auch selbst schuld daran, dass sie meinen folgenden entrüsteten Ausruf mitbekamen. Denn da MundE sich wegen meiner vorherigen aufgeregten Äußerungen in vermeintlich sicherer Entfernung platziert hatten, *musste* ich dieses Mal wirklich etwas lauter sprechen. Ich machte auch nur meinem Unmut über so viel Unwissen Luft. Wie kann man denn bitte Ben Becker nicht kennen?! Ist denn das die Möglichkeit? Und schon im nächsten Augenblick kündigte sich die nächste Kuriosität an diesem Verlagsstand an. Das ging wirklich Schlag auf Schlag hier! Mit großen und lauten Schritten kam eine Frau aus einem der Nachbargänge angestiefelt, offensichtlich neugierig, wer da von so vielen Menschen angehimmelt wurde. Sie bog sich also um ein Regal und ist dadurch mit ihrem Kopf nur circa zwei Meter von dem des Autors entfernt. Und was macht sie? Ich hab echt mit allem gerechnet: Verzücktem Gekreische, sich für ein Autogramm vordrängeln, sich auf Ben Becker stürzen und abknutschen,... Aber auf diese Reaktion war glaube ich niemand der Umstehenden gefasst! Sie schrie (!) ihren zurückliegenden Begleitern zu: "Bäh, Ben Becker!" Gesagt, und verschwunden. Leider ließ der Mann daraufhin nicht seine sonore Stimme erklingen. Das wäre ein Erlebnis gewesen!

Aber weiter in unserem Spaß: Mein persönliches Highlight folgt nämlich erst noch. Am Stand von BoD lagen Hefte mit deren Neuerscheinungen aus und: Mein Buch „Bine fahre Memphis" war auch dabei! Das war sooo cool!!! Quasi war ich dadurch ja als Autorin auf der größten Buchmesse der Welt vertreten! Kann es immer noch nicht fassen! Und bevor wir den Stand verließen, stellten wir noch schnell bei allen Kindles mein Buch ein, sodass alle erstmal einen Blick darauf werfen mussten.

Nach etlichen gelaufenen Kilometern in vielen Stunden in den heiligen Hallen und deutlich weniger Werbegeschenken als erwartet, machten wir uns abends hundemüde aber glücklich (zumindest ein Teil von uns) auf den Heimweg.

Diesen Tag werde ich auf jeden Fall nicht so schnell vergessen!!!

Aergere dich nicht, wenn
dir ein Vogel auf den
Kopf kackt, sondern freu
dich, dass Elefanten
nicht fliegen koennen.

Heimfahrt Schweiz

Auf der Heimfahrt von meinem letzten Besuch in der Schweiz fuhr ich in einer Baustelle, durch die die Autobahn einspurig war, hinter einem LKW her. Der Fahrer dieses LKWs war wohl kurzfristig abgelenkt, da er einen Schlenker in den Graben machte - der mir einen Schaden einbrachte, wie sich schnell herausstellen sollte. Beim Zurücklenken riss der LKW einen riesigen (!) Klumpen Draht aus dem Graben. Ich sah dem Ereignis zunächst noch ein wenig fasziniert zu, da die Fahrt bisher recht langweilig verlaufen und damit doch ermüdend war. Die Faszination ließ aber schnell nach, als ich den Drahtknubbel auf mich zufliegen sah. Er verfing sich natürlich auch sofort unter meinem Auto und veranstaltete einen ohrenbetäubenden Lärm. Da die Straße immer noch einspurig war und ich eine lange Autoschlange hinter mir hatte, konnte ich nicht so einfach anhalten. Was blieb mir anderes übrig, als die Fenster zu schließen, die Musik lauter zu stellen und zu hoffen, dass das Ende der Baustelle nicht mehr fern sei?! Nach einer gefühlten Ewigkeit sah ich wieder einen Seitenstreifen, den ich natürlich auch sofort ansteuerte. Unmittelbar hinter mir in dem Auto saßen zwei Männer, von denen der Beifahrer seine Hilfe anbot, allerdings in zweifelhafter Form: Er öffnete sein Fenster und zeigte auf mein Auto. Gott sei Dank! Ohne ihn wäre mir doch niemals aufgefallen, dass mit meinem Auto etwas nicht stimmte!
Ich bin also ausgestiegen und erst einmal fachmännisch ums Auto herumgegangen, natürlich

erst, nachdem ich mir vorschriftsmäßig die Warnweste angezogen hatte. Dann kniete ich mich hin und dachte wirklich noch in meiner unendlichen Naivität, ich könnte den Draht einfach so mir nichts - dir nichts unter dem Auto herausziehen. Aber Fehlanzeige. Der Draht hatte sich durch die Fahrt total verheddert! Also musste ich mich fast unters Auto legen, um überhaupt zu sehen, wo der Draht überall war. Und der war echt überall! Da ich schon einige Stunden unterwegs war, war ich natürlich entsprechend müde und hatte keine große Lust auf Arbeit. Also lief ich ein bisschen am Auto hin und her und warf flehende Blicke auf die vorbei fahrenden Autos, in der Hoffnung verzweifelt genug zu wirken, dass jemand aus Mitleid anhalten würde. Aber leider, leider, nicht alle Menschen sind Pfadfinder, die jeden Tag eine gute Tat vollbringen wollen. Also ergab ich mich meinem Schicksal und legte mich halb unter das Auto. Zuerst ruckelte ich nur an dem Draht herum, dann versuchte ich ihn geordnet von vorne nach hinten zu lösen. Da ich auf den Knien, die immer noch schwer sonnenverbrannt waren, lag, musste ich zwischendurch immer wieder Pausen einlegen, um zu verhindern vor Schmerzen ohnmächtig zu werden. Während einer dieser Pausen sah ich auf einmal an der Fahrertür Blut - oh mein Gott, ich hatte mir bestimmt eine schwere Fleischwunde zugezogen?! Also sah ich an meinen ölverschmierten Händen nach und fand nur ein kleines Blutrinnsal. Die eigentliche Wunde konnte ich wegen des Drecks wirklich nicht sehen, aber ich musste mir schnell eingestehen, dass ich keinen Schmerz fühlte, weil die Verletzung zu klein war und nicht etwa, weil ich unter Schock stand. Und trotzdem, ich habe ja einen gewissen Hang zur Dramatik. Also ging ich mit hoch erhobenen Händen zum Kofferraum und klappte meinen Erste-Hilfe-Beutel auseinander, übrigens zum ersten Mal. Da ich ja nur mit einer Hand arbeiten konnte, sah es im Kofferraum bald ziemlich wüst aus. Natürlich hoffte ich auch immer noch auf Rettung von Seiten der anderen Verkehrsteilnehmer - mein Glaube an das Gute im Menschen ist fast unerschütterlich. Nachdem ich meinen Finger aufwendig verbunden hatte, machte ich mich wieder an die Arbeit und nach einer gefühlten Stunde hatte ich mein Auto und damit mich befreit. Kurz überlegte ich, ob ich den Drahtknubbel als Beweismittel mitnehmen sollte, aber mein Kofferraum war ja voll mit meinem Verbandszeug und für den restlichen Teil meines Autos war der Draht zu schmutzig. Also warf ich ihn beherzt in den Straßengraben - wie groß ist schon die Gefahr, dass sich meine Geschichte wiederholt?!

Auf der Heimfahrt überlegte ich bereits, wie ich die Geschichte zu Hause mit größtmöglichem Aufmerksamkeitsgewinn und Drama anbringen könnte. Ich stieg also mit bis zu den Ellenbogen verdreckten Armen, den Verband und das Blut nicht zu vergessen, aus dem Auto und ging ins Haus meiner Eltern. Diese saßen gerade beim Essen. Ich hielt die Arme extra in die Höhe, sodass sie gar nicht zu übersehen waren. Und die Reaktion meiner Eltern? Sie fragten, ob ich auch etwas essen wolle! Ist das zu fassen? Also musste ich zu drastischeren Mitteln greifen. Ich erklärte mit leidender Stimme, dass ich das Angebot gerne annehmen würde, aber erst einmal ärztlich versorgt werden müsse. Das hatte endlich den gewünschten Effekt und ich durfte meine Geschichte erzählen. Nachdem ich gesäubert und bepflastert war, besah sich mein Vater das Auto - und fand sowohl auf der Beifahrertür als auch auf der Motorhaube Blut. Na, das ist jawohl an Dramatik kaum noch zu überbieten. Schade, dass er es sofort abgewischt hat, das hätte ein paar gute Fotos ergeben!

Aber wieder einmal hat sich mir bestätigt, dass einem auch kurz vor der Haustür Abenteuer passieren können!

Ich bin auch weiterhin der Meinung, dass jedem solche Zwischenfälle zustoßen, aber aus irgendeinem Grund, der sich mir in keiner Weise erschließt, werden sie außer von mir von niemandem erzählt.

Ich für meinen Teil freue mich schon auf meine nächste Autofahrt und die darauffolgenden Treffen mit verschiedensten Menschen!

Wenn du in den
seilen haengst,
schaukel ausgiebig.

Erste Fahrt im Dienstwagen

Am mindestens heißesten Tag des Sommers kam ich in den Genuss meiner ersten Fahrt im Dienstwagen, einem schnuckeligen Fiat Panda. Und es fing schon super an: Der Sitz ist anscheinend für kleinere Menschen als ich es bin konstruiert, denn ich stieß mit meinem Kopf fast an die Decke. Noch nie hab ich mich so überdimensioniert gefühlt. Und um auf das Armaturenbrett zu schauen, musste ich den Kopf auf meine Schulter legen und die Wirbelsäule einknicken. Aber weiter im Text:
Kaum hatte ich die circa 30minütige Fahrt angetreten, merkte ich, dass ich auf jeden Fall Frischluft benötigen würde, weshalb ich, wie immer wenn es um Autos geht, total fachmännisch, alle Knöpfe auf der Suche nach der Klimaanlage scannte. Leider erfolglos. Was für mich selbstverständlich kein Problem darstellte, dann würde ich mir durch das Seitenfenster den Fahrtwind um die Nase wehen lassen!
Das allerdings stellte sich sehr wohl bald als Problem heraus, denn ich konnte die Knöpfe nicht finden, mit denen ich das Fenster herunterlassen konnte. Auf der Armlehne fand ich welche, wunderte mich kurz, weshalb die Pfeile auf ihnen in vier Richtungen zeigten, und drückte wild auf ihnen herum – ohne eine spürbare Veränderung feststellen zu können.
Nach weiteren quälenden zehn Minuten, mittlerweile schweißüberströmt und von der Hitze schon leicht ermüdet, sah ich, was ich angestellt hatte: Die Außenspiegel waren dermaßen verstellt,

dass ich mindestens noch die Rückfahrt brauchen würde, um die restlichen Verkehrsteilnehmer aus dem riesigen toten Winkel, der um mich herum herrschte, herausretten zu können.

Und immer noch daran denken: Alle Fenster waren weiterhin verschlossen und der Sauerstoffgehalt wurde immer geringer!

Langsam aber sicher begann ich zu dehydrieren und mich in eine klitzekleine Panikattacke rein zu steigern. Ich sah den kleinen Panda schon am Straßenrand einer wüstenähnlichen Landschaft stehen, beim Näher-Zoomen sah ich mich völlig faltig vor Austrocknung und mit heraushängender Zunge über dem Lenkrad liegen. Keine schöne Aussicht.

In einem letzten Aufbäumen blickte ich noch einmal verzweifelt um mich und was ich dann erblickte, ließ mir die Schamesröte im Gesicht explodieren. Denn, was soll ich sagen, meine entwässerten Augen erblickten – hat es schon jemand erraten? - die gute, alte Fensterkurbel!

Und weil ich dann so freudig aufgeregt war, hatte ich die Tortur der letzten halben Stunde schnell vergessen und kurbelte freudestrahlend das Fenster immer wieder rauf und runter – sooo schön!!!

Ein Nasshorn

und ein Trockenhorn

spazierten

durch die Wueste.
Da stolperte

das Trockenhorn

und 's Nasshorn sagte:

„Siehste."

Aachen mit Adrian

An einem schönen Freitag machte ich mich gemeinsam mit meinem Neffen auf zu einem lustigen Wochenendausflug nach Aachen zu Elli und Michael. Und schon die Hinfahrt ist eine Geschichte wert: Niemals zuvor hatte ich während einer einzigen Autofahrt so viele Enten gesehen (also die Autos)! Und da wir natürlich auch immer an Kleinigkeiten Spaß haben und an Ritualen festhalten, freuten wir uns beim Sichten jeder neuen Ente wie Bolle und pitschten uns auch entsprechend oft, selbstverständlich nur bei den grünen Enten, wie sich das gehört. Wenn mir übrigens jemand erklären kann, weshalb man sein Gegenüber pitscht, sobald man eine grüne Ente erblickt, wäre ich echt dankbar! Oder ist das vielleicht auch eins unsrer lustigen Familienrituale?
Ein weiteres „Highlight" unserer Fahrt war die Navi-Frau. An sich benahm sie sich recht unauffällig, sie erklärte uns ruhig und besonnen den Weg. Adrian stellte sich in dieser Situation als super Navi-Kommentator heraus! Zunächst wiederholte er die Angaben der Frau leise für sich, gab dann der Frau eine Antwort und erklärte mir anschließend, was sie genau gemeint hatte. Und das bei wirklich jedem Satz, den wir aus dem Gerät vernahmen! Ich halte mich echt für einen geduldigen Menschen, aber während dieser Fahrt wurde ich auf eine harte Probe gestellt!
Und nicht nur ich, auch die Navi-Frau wurde durch die permanente Beurteilung ihrer Arbeit vollkommen aus dem Konzept gebracht. Denn wie

lässt es sich sonst erklären, dass sie sich in Aachen verfahren hat?!? Und nicht nur ein bisschen – nein, wir haben einfach nicht zur Wohnung von Elli und Michael gefunden. Und das, obwohl wir uns wirklich bemüht und ihr einige Chancen gegeben haben. Will heißen, wir haben die Adresse einige Male neu eingegeben, sind zu verschiedenen Ausgangspunkten gefahren, sodass sie die Route neu berechnen musste,...

Aber es half nichts. Jedes Mal landeten wir in derselben Sackgasse. Schließlich gaben wir entkräftet auf und riefen bei Michael an. Er reagierte natürlich sofort hilfsbereit und wollte uns abholen kommen. Da gab es nur ein kleines Problem: Wir hatten ja keine Ahnung, wo wir waren! Deshalb versuchte ich alles, was ich sah, zu beschreiben, damit es Michael leichter fallen würde unseren Standort zu bestimmen. Es gelang mir auch ganz gut, wie ich dachte, und Michael machte sich auf den Weg.

In der Zwischenzeit fiel Adrian und mir auf, dass auffallend viele Autos mit ortsfremden Kennzeichen in diese Straße fuhren, wendeten und sie wieder verließen. Besonders bemerkenswert dabei war, dass offensichtlich alle von einem Navi geleitet wurden. Vielleicht handelte es sich hierbei um das Bermuda-Dreieck der Navigationsgeräte?!

Einige Minuten später rief Michael erneut an um unseren Standort abzuklären. Als ich bei „dem Printen-Geschäft" angelangt war, hörte ich einen tiefen Seufzer, er beendete das Gespräch recht schnell.

Adrian erwies sich währenddessen als Profi darin,

Notlagen zu erkennen und sich ihnen angemessen zu verhalten: Ganz in sich zusammen gesunken und mit wehleidigem Gesicht erklärte er, dass er wohl nicht mehr lange ohne etwas zu essen aushalten könnte. Wie bitte? Waren wir in der Wüste oder was? Außerdem war es auch so, dass wir knapp zwei Stunden zuvor mit vollen Bäuchen den reich gedeckten Frühstückstisch verlassen hatten. Und jetzt hatte er fast ´nen Schwächeanfall vor Hunger? Fehlte nur noch, dass er mit heraus hängender Zunge und „Wasser, Wasser" röchelnd versuchte die Regentropfen von der Autoscheibe zu lecken!

Zum Glück klingelte in diesem Moment das Telefon. Michael erklärte, dass er nun zu Fuß unterwegs sei und beschrieb noch einmal, wo er uns vermutete. Es war alles soweit richtig und wir schon wirklich froh, doch als ich ihn daran erinnerte, dass wir vor „dem Printen-Geschäft" parkten, platzte Michael der Kragen. Völlig entnervt, aber dennoch um Contenance bemüht, erklärte er mir, dass er die Suche nach uns auf der Stelle beenden und sich ein schönes ruhiges Wochenende machen würde, falls ich noch einmal das Printen-Geschäft erwähnen würde.

Zu meiner Verteidigung muss ich sagen, dass mir vor diesem Gespräch nicht klar war, dass es ungefähr hunderttausend Printen-Geschäfte in Aachen gibt! Ich wollte wirklich nur helfen!!

Nachdem das alles geklärt war, hatte Michael Adrian und mich ratzfatz gerettet – wir waren die ganze Zeit nur circa 5 Minuten Fußweg von seiner Wohnung entfernt gewesen. Um dann alles wieder gut zu machen und damit niemand seinem Hunger erliegen musste, gingen wir schnell zum Mittagessen. Leider weigerten sich die anderen (und zogen das bedauernswerterweise auch fürs restliche Wochenende durch) zum Nachtisch meine Aachener Leibspeise zu essen: frittierte Schokoriegel! Yummie!!!

Nach einem angemessenen Mittagsschläfchen machten wir uns schließlich auf den Weg ins Kino. Da es regnete und ich als einziger keine Kapuze hatte, nahm ich mir einen Schirm mit. Doch ich hatte die Rechnung ohne den Wind gemacht. Der war so heftig, dass mein Schirm innerhalb weniger Minuten soweit zerstört war, dass er seine Form von Böe zu Böe veränderte. Ein Vorteil hatte das Ganze: Ich sorgte damit für etliche Lacher und wir hatten den gesamten Weg über Spaß! Denn auch wenn der Schirm eher aussah wie eine Kamelle-Auffangvorrichtung am Rosenmontagsumzug, hielt er trotzdem den Regen ab und ich benutzte ihn weiter.

Als wir auf unserem Weg zum Kino das Theater erreicht hatten, mussten wir an einer roten Ampel warten. Links kam ein Bus angefahren, der offensichtlich „grün" hatte. Um uns die Wartezeit zu verkürzen, erzählte Elli uns von ihrem und Michaels Theaterbesuch in Aachen und zeigte zur Veranschaulichung auf das Gebäude. Dies nahm Michael zum Anlass loszugehen. Da die Fußgängerampel aber immer noch „rot" anzeigte, war er natürlich der einzige. Alle anderen, uns eingeschlossen, waren wie erstarrt und konnten nur entsetzt zwischen Michael und dem Bus, der in

Schrittgeschwindigkeit auf ihn zu fuhr, hin und her blicken. Es war wie eine spannungssteigernde Zeitlupe im Film! Schließlich merkte auch Michael, dass etwas nicht stimmte. Er blieb mitten auf der Straße stehen und sah zu uns zurück. Wir anderen hielten schon alle den Atem an, denn der Bus rollte unweigerlich auf ihn zu. Und erst, als dieser circa 5 cm vor seiner Nase zum Stillstand kam, bemerkte Michael das Ungetüm hinter sich. All die Farbe wich aus seinem Gesicht.

Erst, als wir Ampelsteher laut anfingen zu lachen, löste er sich aus seiner Erstarrung und steuerte den gegenüberliegenden Bürgersteig an. Der Busfahrer zeigte sich komplett unbeeindruckt und fuhr ohne jemanden eines Blickes zu würdigen mit unbewegter Miene weiter.

Als unsere Gruppe endlich geschlossen auf dem Platz vor dem Theater stand, erklärte Michael uns sein merkwürdiges Verhalten: Er hatte Elli´s Fingerzeig als Aufforderung zum Loslaufen verstanden. Und wegen seines grenzenlosen Vertrauens hielt er es auch nicht für nötig sich mit einem Blick auf die Ampel selbst von der Richtigkeit seiner Annahme zu überzeugen. Dafür, weshalb er sich nicht wunderte alleine zu gehen und warum er die Straße im Schneckentempo überquerte, hat er allerdings bis heute keine zufriedenstellende Antwort.

Dank des Ampel-Erlebnisses kamen wir gut gelaunt im Kino an. Die schnieken 3D-Brillen trugen ihr Übriges zur albernen Stimmung bei. Der Film hieß „Ich…einfach unverbesserlich" und war ein witziger Animationsfilm. Darin bekommt ein kleines Mädchen auf einem Jahrmarkt ein riesiges Stoffeinhorn und kommentiert dies mit dem Satz: "Das ist sooo flauschig, ich werd´ waahnsinnig!" So aufgeschrieben wirkt der Satz bestenfalls albern, aber für uns wurde er zum Motto des Wochenendes und wir sagten ihn bei jeder passenden und unpassenden Gelegenheit.

Nach einem gemütlichen gemeinsamen Abend gingen wir schließlich alle müde, aber froh ins Bett.

Es wurde eine erholsame Nacht, nach der Adrian und ich uns wohlgemut auf den Heimweg machten. Bis kurz hinter Belgien verlief die Fahrt ereignislos. Dort erlitten wir einen kurzen Aufreger: Die Autobahn wurde plötzlich mit Hilfe von Pylonen einspurig – nein, es war keine Baustelle, damit wären wir doch ganz souverän umgegangen! Auf der einspurigen Bahn wurde das Tempo immer weiter herunter gesetzt, bis wir schließlich bei 30km/h angelangt waren. Die Fahrt endete auf einem Parkplatz, auf dem einige Polizeibusse und entsprechend viele grimmig guckende Polizisten standen. Einer von ihnen stellte sich uns in den Weg, weshalb wir vor ihm anhalten mussten. Zum Glück machen wir beide, besonders in Kombination, einen harmlosen Eindruck, denn unser Verhalten war vermutlich mehr als auffällig. Mit vor Aufregung und auch ein wenig Panik weit aufgerissenen Augen sahen wir uns an, tief in unsere Sitze gedrückt. Ich hielt mich, nachdem ich die Fenster geöffnet hatte, mit beiden verschwitzten Händen am Lenkrad fest. Der Polizist kam ans Auto gestapft und nickte uns kurz zu. Dann zückte er seine Taschenlampe, leuchtete erst uns an (nicht vergessen: Es war ein schöner Sommervormittag mit entsprechend erhellendem Sonnenschein!), dann quer durchs Auto, inklusive aller Fußräume.

Nach Abschluss der Beleuchtung winkte er uns weiter und wandte sich dem bereits hinter uns wartenden Auto zu. Dass er keine Silbe gesprochen hatte machte die Sache nicht weniger gruselig für uns! Als wir wieder auf der „normalen" Autobahn fuhren, löste sich unsere Angststarre und wir begannen aufgeregt damit uns gegenseitig verschiedenste der Erklärung für diese Aktion auszumalen: von Drogen, über Entführung bis hin zu Gefängnisausbruch war wirklich alles Erdenkliche dabei!

Zumindest war die restliche Heimfahrt dadurch kurzweilig und wir konnten zu Hause von einem spannenden und ereignisreichen Wochenende erzählen!

Zur Bewahrung

der Selbstachtung

bei der

Selbstfindung

siezen Sie sich bitte

bei

Selbstgespraechen.

Es haben schon ganz andere den Führerschein bekommen...

Dass ich meinen Führerschein bekommen würde, hat, seitdem ich mit den praktischen Fahrstunden begonnen hatte, niemand mehr geglaubt – am wenigsten mein Fahrlehrer und ich. Dennoch habe ich es geschafft, und das gleich beim ersten Anlauf! Aber ich erzähle besser von Anfang an:
Von meiner ersten Fahrstunde bin ich glücklich und mit stolzgeschwellter Brust nach Hause gegangen. Alles hat super geklappt, ich habe kein einziges Mal den Motor abgewürgt. Doch zu früh gefreut, dieser kurze Moment des Hochmutes hat sich später gerächt. Nach meiner circa fünften Fahrstunde verzweifelte der Fahrlehrer fast an mir, weil ich das mit dem Schulterblick immer noch nicht verstanden hatte. Dafür lernte ich zackig zu bremsen, da andauernd jemand aus dem toten Winkel angerauscht kam. Das brachte mir in schöner Regelmäßigkeit ein ironisches „Na, wer nickt, lebt noch!" von Seiten meines Fahrlehrers ein. Außerdem hatte ich schnell gelernt Kreuzungen heiß und innig zu hassen! Denn jedes Mal, wenn ich anhalten musste, ging mir beim Anfahren das Auto aus – mir fehlte das nötige Feingefühl, um durch das richtige Zusammenspiel zwischen Kupplung und Gaspedal das Auto zum Laufen zu bringen. Stattdessen machten wir meist einen lustigen Satz nach vorne und ich fing von vorne an. Auch mit dieser Technik hat man die Kreuzung irgendwann überquert! Nach solchen, wie ich fand, spaßigen Bemerkungen, stand meinem Fahrlehrer nur

begrenzt der Sinn, wie ich schnell herausfinden sollte.

Die Fahrstunden setzten mich immer außerordentlichem Stress aus, was sich u.a. auch darin äußerte, dass ich das Lenkrad vollschwitzte. Dieser Umstand wiederum verleitete meinen Fahrlehrer dazu, mir zu raten, mir für meinen späteren Wagen (falls ich jemals den Führerschein bestehen sollte) keinen Fellbezug für mein Lenkrad zuzulegen, das wäre in meinem Fall wirklich mehr als unhygienisch. Gleichzeitig fand er auch heraus, dass er mit ruhigen Bemerkungen weiter kam als mit Anschreien und hat dies zu meinem Glück auch berücksichtigt. Seitdem ich einmal in Tränen ausgebrochen war, übte er sich während meiner Fahrstunden in absoluter Selbstbeherrschung, was ihm bei meinen Fahrkünsten bestimmt nicht leicht gefallen ist. Nur ein einziges Mal verlor er die Contenance – im Nachhinein muss ich natürlich zugeben, völlig zu Recht: Im Laufe der Fahrstunden fuhren wir eine gefühlte halbe Stunde mit circa 30 – 40 km/h hinter einer Bundeswehr-LKW-Karawane her ohne die Chance zum Überholen zu bekommen. Auf einmal bot sich dann die Möglichkeit die LKWs zu umfahren, worum mich mein Fahrlehrer ruhig und höflich bat. Da ich aber auch wusste, worum es ging, wuchsen meine Anspannung und Aufregung. Das wiederum führte natürlich unweigerlich dazu, dass mir das Auto beim Anfahren so oft ausging, bis alle LKWs wieder vor uns waren. Nun verlor mein Fahrlehrer die Fassung. Die genaue Wortwahl möchte ich an dieser Stelle allen ersparen. Bis er seinem Ärger komplett Luft gemacht hatte und wir weiter fuhren, war die Kolonne fast so weit weg, dass es so gut wie nix mehr ausmachte.

So geschickt wie bei diesem Beispiel habe ich mich während meiner gesamten Fahrschulzeit benommen. Das hat wohl auch dazu geführt, dass der einzige Kommentar meines Fahrlehrers während meiner letzten Fahrstunde (einen Tag vor der praktischen Prüfung!) war: "Sabine (tiefer Seufzer), wenn ich das hier geahnt hätte, hätten wir uns die Anmeldegebühr gespart!"

Umso fassungsloser waren wir beide über mein sofortiges Bestehen. Ich kann gar nicht sagen, wer sich mehr gefreut hat. Mehr Spaß während meiner Prüfung hatte auf jeden Fall mein Fahrlehrer, gemeinsam mit dem Prüfer – eigentlich unnötig zu sagen, dass ich zu diesem Spaß nur unfreiwillig beigetragen hatte!

Zu meinem Glück durfte ich mich bereits vor der Prüfung alleine ins Auto setzen um die Spiegel einzustellen. „Glück" nenne ich das, weil ich zu diesem Zeitpunkt niemals die Spiegel einstellte und sie auch nur sehr, sehr sparsam benutzte, ich machte einfach das Beste aus der Einstellung meines Vorgängers.

Aber zurück zur Prüfung: Als der Prüfer einstieg, stellten wir uns gegenseitig vor und er sah sich meinen Ausweis an. Er runzelte die Stirn und sagte: "Na, da stimmt aber etwas nicht!" Mir stiegen sofort die Tränen in die Augen. Es konnte doch nicht wahr sein, dass der Ausweis abgelaufen war? Denn das war mir so klar wie Kloßbrühe: Wenn das heute aus welchem Grund auch immer nicht klappen würde, müsste ich mir in naher Zukunft einen Chauffeur leisten können, denn ich würde das auf keinen Fall wiederholen. Das war die erste und letzte Chance für mich und den Führerschein! Also lauschte ich angestrengt und zitternd den Worten des Prüfers: "Sie heißen doch Mohr, dafür ist ihre Hautfarbe aber zu hell!" Hahaha, da hat der Herr Scherzkeks wohl morgens am Zirkuszelt geleckt! Selten so gelacht! Zum Glück sank mit der lustigen Bemerkung meine Herzfrequenz in normale Prüfungsschnelligkeit (also Puls von circa 120) und die Prüfung konnte starten. Der erste Teil verlief überraschenderweise problemlos: Ich fuhr wie ein alter Hase durch die Stadt, erkannte Einbahnstraßen, hielt mich an die Vorfahrtsregeln und konnte mühelos an Kreuzungen anfahren.

Kurze Zeit später sollte ich an einem Straßenrand einparken, in einer etwa drei Kilometer langen Straße, in der circa zwei Autos im Abstand von ein paar hundert Metern auseinander geparkt waren. Dementsprechend hat das Einparken auch super funktioniert. Von meinem Können beflügelt, wollte ich beim Ausparken wohl besonders cool sein (was erfahrungsgemäß bei mir immer schief geht) – und fuhr großzügig geschätzte fünf Zentimeter zurück. Deshalb musste ich das Zurücksetzen noch zweimal wiederholen, da ich trotz geschätzter 500 Meter Platz hinter dem Auto immer nur zentimeterweise zurück fuhr. Als ich es doch endlich geschafft hatte, ließen die beiden Männer ihrem Gelächter freien Lauf. Sie überlegten sich, wie ich dieses Manöver in einer Disco anwenden und damit alle Umstehenden amüsieren würde. Deshalb empfahlen sie mir, entweder immer bis zum Schluss zu bleiben oder das Auto auf einem entlegenen Parkplatz abzustellen, damit niemand Zeuge meiner Unfähigkeit werden könnte. Nachdem wir uns alles ordentlich ausgelacht hatten, durfte ich zum TÜV zurück fahren und bekam meinen Führerschein.

Ich bin mir auch nicht richtig sicher, ob wegen meiner Fahrkünste oder der Scham darüber mich so verarscht und ausgelacht zu haben. Aber ganz ehrlich – wer bin ich, dass ich die Entscheidung dieser erfahrenen und mit Sicherheit hoch kompetenten Menschen in Frage stelle?!

Mutig ist,

wer Durchfall hat

und trotzdem

furzt.

Autobombe

Es war an einem schönen Frühlingstag, als ich gemütlich zu meinem Auto schlenderte, um zur Eisdiele zu fahren und mir etwas Leckeres zu gönnen. Doch als ich den Zündschlüssel drehte, begann mein Alptraum. Der Motor und das Radio sprangen zwar an, aber nicht nur das! Zusätzlich war ein fast ohrenbetäubendes Piepsen zu hören - dieses Geräusch kannte ich nur zu gut aus dem Fernsehen: Es handelte sich eindeutig um eine Autobombe!!!

Mein Herz begann zu rasen und geistesgegenwärtig schaltete ich das Auto ab. Aber mir war nicht eine Sekunde der Erleichterung gegönnt! Der Motor stellte sich zwar ab, aber das Radio lief weiter und auch das Piepsen nahm einfach kein Ende. Mittlerweile schlug mir das Herz schon fast zum Hals heraus und ich drückte hektisch alle mir zur Verfügung stehenden Knöpfe. Doch es half alles nichts und zur Rettung meines Lebens entschied ich mich dafür, das Auto sein zu lassen und zu Fuß zu gehen. Mein Aussteigen muss echt actionfilmmäßig ausgesehen haben. Weniger aufregend war meine restliche Flucht, da meine Puste nur für ca. 50 Meter Sprint reicht. Aber da war ich ja auch schon aus dem Gröbsten heraus. Auf dem Weg ins Dorf (begleitet von Feuerwehrsirenen!) grübelte ich darüber nach, ob meine Versicherung mein zerbombtes Auto übernehmen würde. Zum Glück habe ich eine gute Versicherung - nach nur einer kurzen Frage bekam ich sofort die Antwort, dass diese Eventualität auch in meinem

Versicherungspaket enthalten ist.

Nach dem Genuss eines leckeren Eis` ging ich nach Hause. Erleichtert stellte ich nach meiner Heimkehr fest, dass diese Überlegungen - zumindest für den Moment - überflüssig waren. Das Auto stand noch da, das Radio lief noch, aber das Piepsen hatte aufgehört.

Ich fuhr umgehend zur Werkstatt, da ich mir sicher war so eine Aufregung nicht noch einmal zu überleben. Dort erwartete mich nach meinen Erläuterungen wieder jener Blick, den ich leider nur zu gut kenne: Wie werde ich diese Verrückte so schnell und unauffällig wie möglich los?! Die Werkstatt-Menschen lösten meinen Fall elegant, indem sie mir sagten, ich solle wieder kommen, wenn das Piepsen noch einmal auftreten sollte, im Moment könnten sie nichts herausfinden.

Gesagt, getan - als sich dieses unheilvolle Ereignis wiederholte, blieb ich todesmutig und mit einem Blutdruck an der Grenze zum Aderplatzen sitzen und fuhr zur Werkstatt. Da ich der irrigen Annahme war, die würden sich an mich erinnern, stürzte ich in den Laden und rief: "Mein Auto piepst wieder!" Danach herrschte erst einmal ein wenig unangenehme Stille. Wenigstens hatte ich die Aufmerksamkeit der gesamten Belegschaft, allerdings erntete ich nur verständnislose Blicke. Deshalb erzählte ich die gesamte Geschichte noch einmal, was meine Lage nicht gerade verbesserte. Letztendlich haben sie wahrscheinlich darum geknobelt um zu entscheiden, wer mit mir gehen muss - selbstverständlich der Verlierer.

Die Lösung des Mechanikers bringt mich heute noch

zum Lachen: Er meinte, es wäre ein Wackelkontakt, aber er könnte nicht genau feststellen, wo der säße. Sein vollkommener Profi-Tipp lautete: "Am besten, du ziehst den Stecker der Batterie, die sich im Motorraum befindet, wenn das nochmal passiert." Ohne Worte.

Heute, ein paar Jahre später, habe ich ein neues Auto und dachte selbstverständlich, dass mir so ein Piepsen nie mehr unter die Ohren kommt. Doch vor einigen Tagen, nach dem Einkauf auf dem Parkplatz, fuhr mir der Schreck erneut in die Glieder, als beim Starten des Wagens dieses Piepsen erklang. Schnell schaltete ich das Auto aus und zu meiner großen Erleichterung wurde auch alles andere stumm, was für mich die Bestätigung war, dass es sich auch dieses Mal nicht um eine Autobombe handelte. Doch bei jedem Anlassen ging das Warnsignal wieder los. Da kein Lämpchen im Auto leuchtete, geriet ich schon leicht in Panik. Zum Glück erinnerte ich mich geistesgegenwärtig an den 24-Stunden-Dienst des Autohändlers und wählte schon die Nummer (ich wusste, dass ich die Nummer noch gut würde gebrauchen können! Ob sie diesen Service nicht noch bereuen würden?!). Doch gerade, als ich auf den Anrufknopf drückte, kam mir der Gedanke des nicht korrekt verschlossenen Kofferraums. Einige Sekunden später war ich wirklich froh, mit diesem Problem nicht in der Werkstatt angerufen zu haben. Mit der Peinlichkeit, dass ich einfach nicht in der Lage bin den Kofferraum ordentlich zu verschließen, wäre ich nur ungern wieder in die Werkstatt gegangen.

Ein bisschen

Spass muss sein!

Beim Neurologen

Seit längerem schon litt ich unter starken Kopfschmerzen und nachdem einige Untersuchungen gemacht wurden, hatte ich schließlich einen Termin beim Neurologen. Das Team des Neurologen hatte wohl einen spaßigen Tag und ich war das Opfer der, wie ich immer noch glaube, „versteckten Kamera". Warum ich bei Ärzten immer für solch lustige Aktivitäten herhalten muss, ist mir ein Rätsel. Vielleicht haben Ärzte, ähnlich wie z.b. die Polizei Fahndungsfotos hat, Listen mit Patienten, die für eine solche Spezialbehandlung empfänglich sind. Und mein Bild ist an erster Stelle. Das könnte mich nun ein wenig verärgern, aber andererseits gilt ja immer noch: Jeden Tag eine gute Tat, und wenn ich Menschen damit fröhlich mache, dass sie mit mir, wegen mir, wenn es sein muss auch über mich lachen, habe ich die Welt doch ein kleines bisschen schöner gemacht. Naja, ich muss mich ja auch ein bisschen froh reden. Denn meistens geschehen diese speziellen guten Taten unfreiwillig und manchmal auf fragwürdige Weise. Aber nun endlich zur Geschichte:
Nach echt kurzer Wartezeit bekomme ich ein EEG gemacht. Für alle, die in der glücklichen Lage sind nicht genau wissen, was das ist, hier eine kurze und hochprofessionelle Erläuterung: Bei dieser Untersuchung werden die Hirnströme gemessen, wozu man einen lustigen „Hut" aus verschiedenfarbigen Kabeln, Gummibändern und ich

nenn es mal Elektroden in Form von kleinen Gummipfropfen aufgesetzt bekommt. Damit auch alles richtig hält und leitet (so erklär ich es mir wenigstens) bekommt man an bestimmte Stellen Creme als Kleber unter die ganzen Sachen getupft. Während des EEGs muss man nur still dasitzen, mal mit geöffneten, mal mit geschlossenen Ausgen.

Dabei kam ich mir schon seltsam vor, da das Zimmer in dem ich saß, während der Untersuchung gut besucht war – ständig kam und ging jemand und gab mir noch schnell eine Anweisung, in welcher Position meine Augenlider sich gerade befinden sollten.

Da ich ein unerschütterliches, wenn auch mittlerweile unbegründetes Vertrauen in Ärzte und ihre Teams und vor allem in ihre Seriosität habe, hielt ich mich an alles, was mir gesagt wurde. Echt, wie ein kleines Schaf. Im Nachhinein glaube ich, dass diese Untersuchung mein letztes Casting für die folgende Show war.

Bevor ich zum Arzt durfte, habe ich noch einige Zeit im Wartezimmer verbringen müssen. Also blätterte ich in einer Zeitschrift, konnte mich aber nicht richtig auf die Promi-Geschichten konzentrieren. Ich hatte das Gefühl in dem Wartezimmer auch ein Promi zu sein. Ich war mir sicher, dass die anderen Patienten mich beobachteten, auch wenn ich mir nicht erklären konnte, weshalb. Und sie verbargen ihr Gestarre auch sehr geschickt: Jedes Mal, wenn ich plötzlich und ruckartig den Kopf hob und ihn schnell in jede Richtung drehte um alles zu erfassen, taten alle so, als wären sie mit anderen interessanten Dingen beschäftigt. Deshalb tat ich schließlich das, was alle richtigen VIP`S tun: Ich ignorierte das gemeine Volk. Das ging so lange gut, bis ich mir in Ungedanken an die Stirn fasste und mich danach wunderte, weshalb ich beim Umblättern weiße Tupfen auf der Zeitschrift hinterließ. Es hatte wirklich niemand (inklusive mir!) daran gedacht, mir die Creme vom Gesicht zu wischen! Eine viertel Stunde lang saß ich bepunktet wie das Sams im Wartezimmer.

Und mein VIP - Status war wahrscheinlich endgültig im Eimer, als sich die Wünsche der Leute nicht erfüllten. Der Peinlichkeitsfaktor blieb dafür auch nach dem Abwischen der Creme bestehen.

Aber wie gesagt, das war ja erst der Anfang!

Ich wischte mir so schnell wie möglich und blödsinnig vor mich hin kichernd die Creme aus dem Gesicht, gerade noch rechtzeitig, bevor ich ins Arztzimmer gerufen wurde. Das Zimmer war recht klein und schmal, die Liege stand an der linken Seite, neben dem Kopfende befand sich ein Stehtisch, auf dem der PC installiert war. Ich saß auf der Liege, als der Arzt den Raum betrat. Er drückte mit aller Mühe ein „Guten Tag" heraus, seine mürrische Miene verhieß nichts Gutes. Er würdigte mich keines Blickes, sah kurz auf den PC und sagte, bevor er den Raum wieder verließ: "Ziehen Sie sich bis auf die Unterwäsche aus und legen Sie sich auf die Liege." Ich hegte kurze Zweifel, da ich keinen Zusammenhang zwischen meinen Kopfschmerzen und den Anweisungen des Arztes erkennen konnte. Doch sofort meldete sich mein bereits erwähntes Arztvertrauen: "Bist du der Arzt oder er? Er wird schon wissen, was er macht!" Also befolgte ich seine

Anweisungen. Nach mir wie einer Ewigkeit vorkommenden zehn Minuten kam der Arzt fröhlich grinsend zurück und klatschte erwartungsvoll in die Hände. Es folgte eine für mich mehr als verwirrende viertel Stunde, die ich zu den seltsamsten meines Lebens zähle. Zunächst stellte er sich eine halbe Ewigkeit an den PC, was mir ein erniedrigendes Gefühl der Hilflosigkeit verschaffte, da ich halbnackt neben ihm lag. Schließlich ließ er mich, immer noch liegend, abwechselnd Beine und Arme anwinkeln und in verschiedenste Positionen bringen. Bis jetzt verschließt sich mir der Sinn dieser Übungen. Zum großen Finale durfte ich aufstehen, einige Male hin- und herlaufen, -hüpfen, die Arme in verschiedene Richtungen ausgebreitet, mit offenen und geschlossenen Augen. Auch diesbezüglich erhielt ich keinerlei Erklärungen. Aber wie gesagt, wer bin ich, dass ich einen Arzt in Frage stelle?!

Und wer weiß, vielleicht habe ich es unter die bestplatzierten der „Funniest" (oder was auch immer) Patienten geschafft, die das Praxisteam jedes Jahr während der Weihnachtsfeier nach Ansehen der Videos kürt?! Es wäre mir eine Ehre!

Ach, übrigens hat im Endeffekt eine Brille meine Kopfschmerzen verschwinden lassen. Und um die zu bekommen, konnte ich die ganze Zeit angezogen bleiben! :)

Ich habe

uebersinnlose

Faehigkeiten.

Fluchtwege

Ich bin ein echt vorsichtiger Mensch, bösartige Zungen behaupten sogar ich wäre ein Schisser. Und das nur, weil ich ca. bis zum zarten Alter von 18 Jahren unseren Hund (einen furchteinflößenden Dackel) auf dem Arm mitnahm, wenn ich zu Hause in den Keller musste, und dazu laut pfiff. Im Nachhinein muss ich gestehen, diese Vorsichtsmaßnahmen waren wohl ein wenig übertrieben, vor allem, weil unser Keller im Erdgeschoss liegt.

Andere meiner Überlegungen finde ich bis heute sehr sinnvoll. So hatte ich immer einen Fluchtweg parat, falls... - keine Ahnung, falls halt irgendwas Schlimmes passiert. Ich wäre dann durch mein Badezimmerfenster auf das Terrassendach, von dort in den Garten und somit in die Freiheit geflüchtet. Und weil das Badezimmerfenster recht schmal ist, habe ich alle 2 - 3 Wochen ausprobiert, ob ich auch durchpasse. Meine Familie hat darüber immer gelacht. Aber stellt euch mal vor, der Einbrecher wäre hinter mir her gewesen und ich hätte im Fenster festgesteckt?! Wobei, vielleicht hätte er sich vor Lachen nicht rühren können, bis die Polizei ihn festgenommen hätte.

Naja, neue Wohnung, neue Fluchtwege. Und in meiner damaligen Wohnung war es wirklich nicht einfach, das Passende zu finden. Ich wohnte im zweiten Stock, und das ist wirklich hoch! Deshalb bin ich auch von der Idee einer Strickleiter schnell abgekommen, das ist mir entschieden zu wackelig. Auch bei den zusammen geknoteten Bettlaken fand ich ziemlich zügig heraus, dass es mit zu viel Arbeit verbunden und noch dazu recht unsicher ist. Ganz begeistert war ich dagegen von dem Einfall, ein Drahtseil von meinem Fenster zu einem Baum auf einem nahe gelegenen Parkplatz zu spannen, sodass ich mich im Notfall ganz lässig hätte abseilen können. Allerdings war mir auch schnell klar, dass ich für diese Art der Selbstrettung jede Menge Kraft in meinen Armen haben müsste, um mich die ganze Zeit festzuhalten. Und jetzt mal ehrlich: Ist es das wert Sport zu treiben? Ich glaube nicht. Deshalb habe ich mich wie Bolle gefreut, als ich die beste aller Ideen in Sachen "Fluchtwege" hatte: Ich stelle mir eine Hüpfburg in den Garten, in die ich bei Bedarf springen kann. Es gibt nur noch einige Kleinigkeiten zu klären: Wo kriege ich das Geld für eine Hüpfburg her, wo bekomme ich die Hüpfburg her, wie bekomme ich meine Vermieterin dazu mir ihren Garten für meine Hüpfburg zur Verfügung zu stellen,....? Außerdem brauche ich jemanden, der mir eine Leitung von der Burg in mein Schlafzimmer legt. Denn natürlich kann die Burg nicht die ganze Zeit aufgeblasen sein, sonst geht alles zu schnell kaputt. Deshalb werde ich oben einen großen roten Knopf haben, den ich im Bedarfsfall drücken kann. Daraufhin wird die Burg in 0,2 Sekunden aufgeblasen. Aber wo bekomme ich die ganze Luft so schnell her?

Ach, ich hör lieber auf, sonst stell ich am Ende noch betrübt fest, dass die Idee "Hüpfburg" doch zu kompliziert ist.

Warum sitzen,

wenn ich auch

liegen kann?

Ausflug nach Ötigheim

An einem schönen Freitagnachmittag machte ich mich endlich mal wieder auf den Weg in die Schweiz zu Melie. Dass ich, zumindest dieses Mal, nicht dort ankommen würde, wusste ich natürlich noch nicht. Also startete ich die Fahrt mit einem lustigen Lied auf den Lippen. Und sofort zeigte sich das erste schlechte Omen: Die Navi-Frau hatte offensichtlich eine Erkältung, ihre Stimme war kratzig bis zur Unverständlichkeit. Da sich das jedoch innerhalb der nächsten 30 Kilometer legte, machte ich mir keine weiteren Sorgen. Und bis kurz hinter Karlsruhe lief auch alles wie am Schnürchen. Es war nicht viel Verkehr und meine Stimme gelangte von Lied zu Lied in bessere Sphären, zumindest was mein Gehör anbelangt. Ok, ich hatte die Lautstärke des Radios natürlich wie immer gesteigert, was der Schönheit meiner Stimme mehr als zuträglich ist.

Dann fing mein Abenteuer ganz plötzlich an: Eine Warnleuchte am Armaturenbrett fing an zu blinken und es piepste von irgendwoher, worauf ich ja eh immer panisch reagiere. Aus diesem Grund schrillten um und in meinem Kopf alle mir zur Verfügung stehenden Alarmglocken. Nach einem kurzen Blick aufs Armaturenbrett war meinem fachmännischen Autoverstand sofort klar, dass es sich um die Batterie handeln musste.

Die nächste Ausfahrt ließ zum Glück nicht lange auf sich warten und ich steuerte, wie ich dachte, die nächstgelegene Tankstelle an. Leider fiel mir erst im Nachhinein ein, dass mein Navi sogar mit

Erkältung durchaus in der Lage gewesen wäre, eine zu finden. In meiner Aufregung erinnerte ich mich aber noch nicht einmal daran, dass ich die Navi-Frau abschalten kann. Die machte mich mit ihrem Gebrabbel übers Wenden schier wahnsinnig und ich verbrachte einige Kilometer damit sie wüst zu beschimpfen.

Leider stellte sich meine Vorstellung einer nahegelegenen Tankstelle als Trugschluss heraus. Ich irrte über etliche Kilometer durch die Pampa ohne auch nur ein klitzekleines Anzeichen von menschlichem Leben zu entdecken. Mein Auto verlor in der Zwischenzeit immer mehr die Lust an einer Weiterfahrt, es wurde immer langsamer und ließ sich auch durch festes Durchtreten des Gaspedals zu nichts überreden. Der Motor ruckelte mittlerweile bedenklich, sodass ich an jeder Kreuzung bibberte, aus Angst dort liegen zu bleiben. Meine clevere Schlussfolgerung war nämlich, dass das batterieschwache Autos so an sich haben.

Zu meinem großen Glück tauchten schließlich doch noch Laternen am Horizont auf und ich folgte dem Licht wie die drei Weisen dem Stern, zu meinem Leidwesen auch nicht viel schneller. Nach einigem Hin- und Herfahren in dem Ort fand ich eine Tankstelle. Die Frau hatte ungefähr genauso viel Ahnung wie ich von Autos. Deshalb schickte sie mich kurzerhand zum „Auto-König" ein paar Straßen weiter. Na, wenn „Auto-König" kein vielversprechender Name ist!

Zu meiner großen Erleichterung schaffte ich es noch mit Müh und Not und schwer stotterndem

Motor die Werkstatt zu erreichen. Ich lief schnell in das Büro, wo ich von der Empfangsdame mit einem großen Seufzer und kleinem Augenrollen begrüßt wurde. Ich folgte ihrem Blick zur Uhr und verstand, weshalb sie sich nicht über meinen Besuch freute: Es war bereits 17:45 Uhr, und das an einem Freitag. Dennoch schaffte sie es mich einigermaßen freundlich nach meinem Anliegen zu fragen. Also erläuterte ich ihr und kurz darauf auch ihrem Chef meine Batterie-Theorie. Sobald er sich mit mir zu meinem Auto aufmachte, schnappte sich die Sekretärin Jacke und Handtasche und lief in ihr wohlverdientes Wochenende.

Der Werkstattmeister bat mich den Motor anzulassen und die Motorhaube zu öffnen. Nach einem kurzen Blick aufs Armaturenbrett schüttelte er den Kopf und erklärte mir, dass dieses leuchtende Bildchen keineswegs wie von mir angenommen die Batterie darstellt, sondern den Motor. Schon wieder machte sich eine Panikattacke in mir breit! Motorschaden?? Ach du Kacke!! Mir war sofort klar, dass mir eine leere Batterie wesentlich lieber gewesen wäre!

Der KFZ-Mann war inzwischen zur Motorhaube gelangt und schüttelte schon wieder den Kopf. Das machte ihn mir wirklich nicht sympathischer! Mit einigen fachmännischen Griffen an verschiedene Schläuche und deren Ummantelungen, die teilweise defekt waren, teilte er mir mit, dass da mit Sicherheit ein Marder am Werk gewesen sei und ich deshalb auf keinen Fall mehr fahren dürfte. Und damit ich mir keine falschen Hoffnungen machte, fügte er an, dass er als Seat-Händler mir da auf gar keinen Fall helfen könnte. Naja, ein paar Minuten vor Feierabend war wohl auch nicht mehr zu erwarten. Leider erlaubte er mir nicht, mein Auto auf seinem Hof stehen zu lassen. Er war aber so freundlich, mir noch eine Taxinummer raus zu schreiben und mir zu sagen, wo ich mich überhaupt befand, das war nämlich Ötigheim. Anschließend erklärte er mir noch den Weg zu einem sicheren Parkplatz, auf dem ich mein Auto stehen lassen konnte. Also fand ich mich kurz darauf vor einem Penny-Markt wieder. Jetzt war guter Rat teuer!

Und so telefonierte ich erst einmal mit Tanja, der Versicherungsfrau meines Vertrauens, die mir versicherte (haha, super Wortspiel), dass die Versicherung die Kosten von Hotel, Taxi etc. übernehmen würde.

Mein nächster Anruf galt dementsprechend dem Taxiunternehmen, das mich in ein Hotel bringen sollte. Mehr konnte ich abends eh nicht mehr erreichen.

Die Frau am Telefon versprach, dass das Taxi innerhalb einer viertel Stunde bei mir sein würde. Eine halbe Stunde später fuhr ein Taxi auf den Parkplatz. Ich verglich Namen und Telefonnummer und stellte enttäuscht fest, dass es sich um ein anderes Taxiunternehmen handelte. Deshalb rief ich nochmal bei „meinem" Taxi an, die Frau wirkte leicht ungehalten, als sie mir sagte, dass jemand unterwegs sei. Nach einer weiteren viertel Stunde des Wartens kam das andere Taxi wieder und ich beschloss genug gewartet zu haben und mit ihm zu fahren. Wie sich dann schnell herausstellte, handelte es sich dabei um das von mir bestellte

Taxi, die verschiedenen Firmen arbeiten zusammen. Ich finde ja immer noch, dass man das dem Gast mitteilen sollte um unnötige Wartezeiten und Missverständnisse zu vermeiden.

Es waren dann auch noch einige Erklärungen von Nöten, bis der Taxifahrer verstand, dass ich noch kein Hotelzimmer hatte und er mich zu einem Hotel seiner Wahl bringen sollte. Als es dann soweit war, dass er alle Zusammenhänge verstanden hatte, erwies er sich als sehr hilfsbereit. Er rief in einem Hotel in Rastatt an um zu fragen, ob sie noch ein Zimmer frei hätten und wartete sogar mit mir vor der Haustür, bis jemand kam. Die Eingangstür war nämlich schon abgeschlossen – mir schwante Fürchterliches, welches Hotel hatte denn schon um 19:00 Uhr seine Pforten verschlossen?

Und schon kam ein netter junger, etwas aufgeregt wirkender Mann um die Ecke gelaufen und brachte mich in die gute Stube.

Drei Schritte durch den Flur und schon standen wir an der Rezeption / Frühstücksraum, es handelte sich also eher um ein kleines Hotel. Der Hotelmann erklärte mir mittlerweile ganz aufgeregt, dass dies eigentlich das Hotel seiner Schwägerin sei und er ihr und ihrem Mann ein freies Wochenende gönnte. Ich hatte den Eindruck, dass ich sein erster eincheckender Gast war – und dass er am „Hotel-Manager-Spielen" einen Heidenspaß hatte. Er notierte sich sogar, wie lange er mein Frühstücksei kochen und welche Brötchen er mir am nächsten Morgen vom Bäcker mitbringen sollte. Sehr aufmerksam! Bei der Frage um die Frühstückszeit hatten wir allerdings eine kleine Diskussion, da ich dabei nicht so konkret werden wollte, wie er es erwartet hatte. Wir konnten uns dann doch auf ein Zeitfenster von einer viertel Stunde einigen, obwohl mich auch das ein klitzekleines Bisschen unter Druck setzte. Aber er war ja noch ein Anfänger und schließlich ging es dabei, wie ich annahm, um mein perfekt zubereitetes Frühstücksei.

Schließlich schnappte er sich einen Schlüssel und wir machten uns auf zu einem Zimmer im ersten Stock. Leider fanden wir das passende Zimmer zum mitgenommenen Schlüssel nicht. Nach einem kurzen Moment der Verwirrung war der Hotel-Mann wieder Herr der Lage, hieß mich dort warten und spurtete nach unten um einen passenden Schlüssel zu ergattern. Stolz zeigte er mir kurz darauf mein Zimmer, was wirklich schön war. Auf meine Frage nach einem Restaurant in der Nähe hatte er zunächst keine Antwort, schließlich war er ja quasi auch nur zu Besuch. Er versprach aber nachzufragen, was er auch prompt tat. Der nächste Italiener war circa eine halbe Minute Fußweg entfernt, was mir natürlich sehr gelegen kam.

Und so bestätigte sich auch meine lang gehegte Annahme: Alleine im Restaurant zu essen ist doof! An einem Freitagabend war das Lokal natürlich gut besucht. Aber eine Person kann man immer noch dazu quetschen und so wurde ich kurzerhand zu zwei Männern an einen großen Tisch gesetzt. Die beiden ignorierten mich konsequent und unterhielten sich noch dazu leider auch so leise, dass ich noch nicht mal in den Genuss einen belauschten Gespräches kam. Aber ich war sowieso erst einmal damit beschäftigt, mir das Ambiente zu Gemüte zu führen. Das Restaurant hatte nämlich ein riesiges Panorama-Fenster, durch das man, man glaubt es kaum, in ein Fitnesscenter schauen konnte! Wer verarscht denn da bitte wen??? Also betrachtete ich beim Käse-Sahne-Nudeln-Essen eingehend die Menschen, die sich die Kalorien gerade wieder mühsam abtrainierten. Aber was ein richtiger Genießer ist, der lässt sich doch von so ein paar Sportis kein schlechtes Gewissen machen. Und wer weiß, vielleicht sind da ja auch telepathische Kräfte im Spiel und die haben auch für mich ein bisschen Fett abtrainiert?!

Und schon ging´s zurück ins Hotel, wo ich vor meinem nächsten Problem stand: Ich bekam den Fernseher nicht eingeschaltet. Da es erst halb neun war und ich nicht den ganzen Abend stumm im Zimmer sitzen wollte, blieb mir nichts anderes übrig, als den Hotel-Manager anzurufen. Seine Frau versicherte mir am Telefon, dass er bald kommen würde. Und richtig, keine fünf Minuten später stand er immer noch strotzend vor Motivation vor meiner Zimmertür. Als ich auf sein Klopfen mit einem „Ja" antwortete, fühlte er sich noch nicht dazu aufgefordert, das Zimmer zu betreten. Als höflicher Serviceman fragte er zuvor noch, ob er eintreten dürfe. Super! Ihm war das Problem dann auch sofort klar: Der Fernseher hat einen extra Anschaltknopf. Schön peinlich! Aber der Knopf wollte nicht so einfach gefunden werden, denn es stellte sich auch für den „Profi" als nicht ganz so einfaches Unterfangen heraus, wie man vielleicht annehmen könnte. Doch endlich war auch dieses

Problem gelöst und ich konnte es mir gemütlich machen.

Anscheinend nahm mich das Ganze aber doch mehr mit, als ich dachte, denn von Schlaf kann in dieser Nacht nicht die Rede sein. Ich wälzte mich lange zu den Bildern diverser Sitcoms und Dokumentationen hin und her.

Dementsprechend unausgeschlafen stolperte ich am nächsten Morgen in den Frühstücksraum, wo der Duracel-Hotelmanager gut gelaunt und nicht minder aufgeregt als gestern dafür sorgte, dass es seinen Gästen (außer mir noch einem Mann, der sein Frühstück allerdings gerade beendete) an nichts fehlte. Sofort fragte er, wie ich geschlafen hatte, was ich trinken wollte, wie lange er mein Ei kochen sollte,... Und sah mich dann abwartend an. Offensichtlich wollte er wirklich sofort alle Fragen beantwortet haben. Und das um diese Uhrzeit! Es war zwar schon viertel vor acht, aber man muss bedenken, dass es Samstag war und da zählt es, als wäre es noch mitten in der Nacht! Noch dazu fühlte ich mich, als hätte ich die Nacht durchgemacht und wurde langsam aber sicher doch nervös beim Gedanken an mein Auto. Aber als anständiger Gast gab ich natürlich brav Auskunft und der Frühstückschef hüpfte in die Küche um seine Pflicht zu erfüllen. Und das Frühstück war auch echt lecker!

Aber als ich ihn fragte, ob er mir Adresse und Telefonnummer einer Peugeot-Werkstatt raus suchen könnte, kam er kurz ins Schleudern. Nicht vergessen, er kannte sich ungefähr so viel aus wie ich!

Deshalb fand er auch die nächste Werkstatt in Baden-Baden. Nachdem wir geklärt hatten, dass es noch ein gutes Stück bis dorthin war (ich wusste schließlich immer noch nicht so ganz genau, wo ich mich befand), entschloss ich mich dazu, die Suche in die Hände meiner Versicherung zu legen. Was auch super funktionierte – kurz darauf meldete sich ein Mitarbeiter eines Autoservices und wir verabredeten uns zu einem späteren Zeitpunkt am Auto.

Meine nächste Amtshandlung bestand also darin, erneut ein Taxi zu rufen. Circa fünf Minuten später kam eine gewissenhafte Taxifahrerin aus ihrem Wagen gehüpft und auf mich zugelaufen und half mir meine Tasche ins Auto zu stellen. Vom „Hotelier" konnte ich mich übrigens nicht mehr verabschieden. Als ich ging war er wie vom Erdboden verschluckt, weshalb ich den Schlüssel einfach bei der Putzfrau abgab.

Kaum saßen wir in den bequemen Sitzen, begann die gute Frau auch schon damit mir ihr Leid zu klagen: Der Chef, die Arbeitsbedingungen, Arbeitszeiten, das neue Erfassungssystem,... Na, die hatte offensichtlich Spaß an ihrem Job! Sie hörte gar nicht mehr auf damit sich zu beschweren. Ich kam gar nicht dazu meine aufregende Geschichte zu erzählen. Dabei hatte ich mich so darauf gefreut!

Aber ich blieb höflich, nickte und lächelte an den richtigen Stellen. Mehr erwartete die Taxifahrerin offenkundig auch nicht, also lief ab sofort wohl alles wie am Schnürchen.

Doch falsch gedacht, denn sehr schnell stellte sich heraus, dass ich auf meinem Ausflug wohl überwiegend Leuten begegnen sollte, die nicht viel ortskundiger waren als ich. Sie hatte zwar so eine Ahnung, wo dieser Penny-Markt sein könnte, aber „Fragen kostet ja nix." Dieser Satz sollte in der nächsten halben Stunde zu ihrem Mantra werden. Und das war auch nicht nur so daher gesagt, nein, sie wandte ihre Taktik auch unermüdlich an. Ich schätze, dass wir mindestens zehn Menschen nach dem Weg gefragt haben, und das ist an einem Samstagvormittag um 9:00 Uhr so ziemlich jeder, der sich auf der Straße befindet.

Aber zuerst riefen wir bei Marion, einer ihrer Freundinnen, an. Diese erklärte uns rasch den Weg (Reaktion Taxifahrerin: "Genauso hab ich es mir auch gedacht, aber fragen kostet ja nix."), und los ging´s. Bis zur nächsten Straßenkreuzung. Da fragten wir sicherheitshalber nochmal. Wir kannten den Weg ja quasi, aber fragen kostet ja nix. Und genauso handhaben wir es bei dem Mann mit Hund („Den fragen wir auch, denn Menschen mit Hunden sind immer sehr nett!"), der älteren Dame („Da kennen wir den Weg ja besser, die hat ja gar keine Ahnung!"), den Männern vor dem Supermarkt („Ach, da stehen ja auch noch welche!"), und, und, und.

Mittlerweile war ich mir mal wieder ziemlich sicher, bei der versteckten Kamera gelandet zu sein. Also nickte und grinste ich freundlich vor mich hin, während ich, innerlich verzweifelnd, aus dem Fenster blickte.

Doch irgendwann hatten wir es endlich geschafft und unser Ziel erreicht – wir hielten vor meinem Auto. Siegessicher zückte ich meinen Geldbeutel und erklärte, dass ich mit Karte bezahlen würde.

Doch ich hatte mich mal wieder zu früh gefreut. Entgeistert sah die Taxifahrerin mich an: Hatte ich etwa nicht zugehört?! Sie hatte mir doch vor nicht einmal einer halben Stunde erzählt, welche Mängel das Erfassungssystem noch aufwies, dazu gehörte offensichtlich auch das Kartenlesegerät. Ich versuchte noch einmal zaghaft auf die auf dem Auto angebrachten großen Aufkleber der verschiedenen Zahlungsmöglichkeiten zu verweisen, erntete aber nur noch mehr ungläubige Blicke. Also bat ich sie ohne weiteres Lamentieren mich zum nächsten Bankautomat zu fahren.

Ich befürchtete schon eine erneute Passanten-Fragestunde. Und sollte nicht ganz Unrecht haben. Zunächst aber hatte meine Chauffeuse noch eine Blitz-Idee: Im Penny-Markt, auf dessen Parkplatz wir uns ja schließlich immer noch befanden, konnte man sich ab einem Einkauf von einem Euro Geld abheben. Die ganze Zeit über hatte sie nicht eine Sekunde so ein Gefühl von Sicherheit ausgestrahlt wie in diesem Moment, weshalb sich nun auch bei mir ein Funken Hoffnung regte.

Pflichtbewusst stiefelte sie sogar mit mir in den Markt und fragte selbstpersönlich die Verkäuferin, ob sie mit ihrer Annahme recht hatte. Und sofort wurden wir wieder auf den Boden der Tatsachen zurückgeholt: In der Tat ist es möglich, dort Geld abzuheben. Allerdings erst ab einem Einkaufswert von 20 Euro. Fragende Blicke trafen mich. Und ich wägte ab, was mich mehr kosten würde: Ein Einkauf von 20 Euro oder eine weitere Suchfahrt mit dem Taxi. Offensichtlich hatte ich noch nicht genug Abenteuer erlebt, denn ich entschied mich für die

Taxifahrt. Und auch dieses Mal kam der altbewährte Spruch „Fragen kostet ja nix" mehrfach zum Einsatz.

Beim Bezahlen fragte sie schließlich doch noch nach dem Grund für meinen Aufenthalt im beschaulichen Ötigheim, und auf zwei Sätze zusammengekürzt berichtete ich ihr von meinem Wochenende. Vielen Dank für diese erbauliche Fahrt!

Allein in meinem Auto sitzend, rief ich den Werkstatt-Mann an. Er versprach in zehn Minuten auf dem Parkplatz zu sein, und was soll ich sagen, er hielt auch Wort! Nach einem kurzen Blick auf den laufenden Motor meinte er nur: „Der läuft doch rund!" Hä? Was meint der, weshalb ich die Nacht hier verbracht habe, wegen der guten Luft???

Also erläuterte ich ihm schnell die Theorie des KFZ-Menschen von gestern Abend. Doch sofort verwarf er die Marder-Idee und lud mein Auto auf den LKW, während ich schon vorne in die Kabine klettern durfte. Auf der Fahrt zur Werkstatt erklärte er mir, weshalb er den Marderbiss ausschloss:

Alle Marder gehen in Autos, aus dem einfachen Grund, um sich dort aufzuwärmen. Also ist nicht zu erwarten, dass der gemeine Pirmasenser Marder aus reiner Boshaftigkeit die Schläuche vom kleinen Franzosen zerbissen hat. Nur, wenn das Auto schon länger zum Beispiel in Ötigheim gestanden hätte und der Ötigheimer Marder sich hätte wärmen wollen, hätte es zu einer solchen Tat kommen können. Die knabbern die Schläuche dann quasi als Reviermarkierung an. Ich fand, das war eine schöne und durchaus Sinn ergebende Geschichte. Dennoch war es für mich keine ausreichende Begründung, weshalb es nicht doch hätte ein Marder sein können. Denn es hätte zwar kein Ötigheimer Marder sein können, aber wer sagt denn, dass es sich nicht ein Morbacher Marder im kleinen Peugeot bequem gemacht hatte?! Aber wer bin, dass ich die Meinung eines Profis in Frage stelle? Genau.

In der Werkstatt angekommen wurden nur noch die Formalitäten erledigt und mir die Schlüssel für den futsch-neuen Mercedes (A-Klasse) überreicht. Den durfte ich also in den nächsten Tagen als Leihwagen nutzen. Denn natürlich hatten die an diesem Samstag keine Zeit mehr nach meinem Auto zu schauen!

Erleichtert trat ich die Heimreise an. Der „Hotelier" hatte mir doch ein wenig Angst eingejagt, als er mir mehrfach anbot, das Zimmer übers Wochenende frei zu halten. Ein ganzes Wochenende in Ötigheim / Rastatt wäre doch wirklich zu viel des Guten gewesen!

Am Montag hieß es dann, ich könnte mein Autochen mittwochs wieder abholen. Ich traute mich gar nicht zu fragen, was das Problem gewesen war, die Laune würde mir schon früh genug verdorben werden.

Mittwochs rief ich dann wie vorher vereinbart in der Werkstatt an um Bescheid zu geben, wann ich da sein würde.

Ich: „Ich bin so gegen 16:30 Uhr bei Ihnen."

KFZ: „Ok, Sie kommen den Renault holen?!"

Ich: „Nein, den Peugeot!"

KFZ: „Ach, den blauen?"

Ich: (schon leicht panisch) „Nein, den silbernen."

KFZ: „Dann weiß ich gerade nicht, von welchem Wagen Sie sprechen!"

Schnappatmung bei mir. Auf die Idee, mich zu freuen und den Leihwagen einfach zu behalten, kam ich leider nicht. Stattdessen gab ich ihm mein Nummernschild durch.

Darauf er: „Ach, der silberne Peugeot." Genau, warum hatte ich das nicht schon vorher gesagt?!
Also machte ich mich auf den Weg um den Autotausch zu vollziehen.
Bei Karlsruhe fiel mir der etliche Kilometer lange Stau auf der Gegenfahrbahn auf und entgegen aller Vernunft hoffte ich darauf, dass ich auf dem Rückweg woanders lang fahren würde. Und ständig kamen im Radio Meldungen zur Länge des Staus: 6km – 10km – 12km – 15km, entnervt schaltete ich auf CD um.
In der Werkstatt wurde ich erst einmal wieder dem berühmten Renault zugewiesen. Als ich den Werkstatt-Mann darauf hinwies, dass es sich bei meinem Auto um einen Peugeot handelte, winkte er nur müde ab und meinte, dass das doch das Gleiche sei.
Dann bekam ich ohne großes Gespräch die Rechnung in die Hand gedrückt und erklärt, dass es sich um reinen Verschleiß und keineswegs um eifersüchtige

Marder gehandelt hatte. Und beim Blick auf die unterste Zahl stieg mir tatsächlich ein bisschen Pippi in die Augen!

Der nette Mann wollte mich anscheinend ein wenig aufmuntern, denn er erklärte mir, dass ich in einer Vertragswerkstatt locker ein paar hundert Euro mehr hätte bezahlen müssen. Meine durchaus ernst gemeinte Antwort, dass er mich dann wirklich beim Weinen gesehen hätte, schien ihn zu belustigen.

Also zahlte ich, tauschte schweren Herzens die Autoschlüssel und setzte mich in meinen Wagen, der eigentlich unfassbar im Wert gestiegen sein müsste, gemessen an dem Geld, dass ich in den letzten Monaten reingepulvert hatte! Da dies aber wohl nicht der Fall war, sagte ich dem kleinen Franzosen noch vor Fahrtbeginn erst mal ordentlich die Meinung. Natürlich in gemäßigtem Ton, ich wollte ja nicht riskieren, dass er beleidigt war und gleich wieder streikte. Zum Glück war er an dem Tag nicht zart besaitet und lief ohne Probleme.

Bei meinem Blick aufs Navi schwante mir allerdings Böses. Neben der Stau-Anzeige stand 34 km!!! Und eine alternative Route wurde mir nicht angeboten. Na super!

Allerdings schwanden die Stau-Kilometer zügig beim Fahren und meine Freude stieg gleichermaßen. Aber leider nur, bis ich am Ende des Staus angelangt war und ich, besser spät als nie, begriff, dass es sich bei der Anzeige nicht um die Staulänge, sondern um die noch zurückzulegenden Kilometer bis zum Erreichen des Staus handelte. Man lernt doch wirklich nie aus.

Also dauerte mein kleines Abenteuer noch circa

eine halbe Stunde länger, aber schließlich war auch die Rückfahrt geschafft.

Ich fände es wirklich wunderbar, wenn ich schreiben könnte: „Und sie lebten glücklich und zufrieden bis an ihr Ende."

Aber da hatte ich die Rechnung natürlich ohne den kleinen Franzosen gemacht...

Ötigheim: Over and out.

Aelter werden

ist unvermeidbar ,

erwachsen werden

ist optional .

Kitsch-Touren

Wenn ihr alle mal so richtig in Weihnachtsstimmung kommen wollt, hab ich jetzt einen super Tipp für euch: Schnappt euch mindestens einen Mitfahrer und macht euch auf den Weg um die besten Weihnachtsdekorationen der Stadt zu finden! Ihr könnt euch nicht vorstellen, was es alles gibt! Einige Jahre lang bin ich mit einer Freundin regelmäßig im Advent in Sachen „Kitsching-Deko" unterwegs gewesen, und wir hatten immer unheimlich viel Spaß dabei!

Es ist mir immer noch ein Rätsel, wie Menschen in Häusern leben können, an deren Fassaden Massen von Nikoläusen hoch klettern, außerdem Bäume, Büsche, Säulen und alles, was man sich so vorstellen kann in blinkende bunte Lichterketten gewickelt ist und an jeder Fensterscheibe ebenfalls bunt blinkende Sterne, Rentiere o.ä. hängen. Da ist die Epilepsie doch vorprogrammiert!

Für den unbeteiligten Zuschauer sind solch wild geschmückte Häuser natürlich ein wahrer Augenschmaus!

Unzählige Male haben wir mit leuchtenden (und blinkenden) Augen vor solchen Kunstwerken gestanden und sind aus dem Staunen nicht mehr heraus gekommen!

Unsere Route variierte natürlich jedes Mal, da wir so viele geschmückte Häuser wie möglich sehen wollten. Aber ein Haus gehörte zu jedem Ausflug dazu. Es war schon im Sommer ein Träumchen, sich die ganze Deko anzuschauen. Die in dem Haus lebende Familie hatte einen ganz besonderen und eigenen Sinn für das Schöne. Im Garten des Hauses befand sich ein kleiner Teich, um den herum Figuren aller Formen und Größen ein zu Hause gefunden hatten. Es war wie ein Suchbild und jedes Mal entdeckten wir einen neuen Gartenzwerg oder eine weitere Porzellankatze, die sich die Pfoten leckt. Auch der danebenstehende Baum ging nicht leer aus: In seinen Ästen tummelten sich Vögel und anderes Getier aus Plastik und Porzellan. Der Advent bildete dann jedes Jahr den Höhepunkt der Deko-Manie! Denn die Leute räumten ihre Ganzjahres-Deko in der Weihnachtszeit nicht weg – nein, die ganzen Lichterketten, Rentiere, Schlitten, Nikoläuse (natürlich alles beleuchtet!) rund um den Teich und Baum waren Zugaben zum üblichen Wahnsinn. Komplettiert wurde die Szene durch die Wohnungs-Deko des im Erdgeschoss lebenden jungen Mannes: Seine Yucca-Palme, die durchs Wohnzimmerfenster nicht zu übersehen war, hatte er mit bunten Lichterketten geschmückt. Durch diesen wohldurchdachten Hintergrund bekam die Fensterbank-Deko den letzten Schliff. Der, natürlich ebenfalls leuchtende, pinke Plastikfisch reihte sich problemlos in diese unglaubliche Deko-Landschaft ein.

Das war wirklich der Wahnsinn!!!

Die Tochter der Familie bekam irgendwann ein Baby, weshalb der Teich aus Sicherheitsgründen zugeschüttet wurde und die Landschaft nahezu zu einer Deko-Wüste verkam. Traurig!

Da ich zu der Anfangszeit unserer Kitsch-Touren ein Auto fuhr, das geräuschemäßig einem Traktor in nichts nachstand, konnten wir uns den Häusern leider auch nicht unauffällig nähern. Uns ohne Aufsehen zu erregen zu positionieren schien beinahe unmöglich. Da wir dies aber vor Staunen ob der unglaublichen Dekorationen immer wieder vergaßen, gerieten wir des Öfteren in peinliche Situationen.

Beispielsweise hielten wir einmal vor einem Haus, deren Bewohner ihren Vorgarten ganzjährig mit etlichen Gartenzwergen verschönerten. Dazu kamen dann in der Vorweihnachtszeit die Weihnachtsmänner, die sich an der Fassade entlang hangelnd Zutritt zum Haus verschaffen wollten. Was ich, nebenbei bemerkt, ein wenig gruselig finde!

Außerdem fanden sich aus Lichterketten geformte Rentiere und Schlitten neben den Gartenzwergen wieder.

Das Highlight aber, das uns quasi zum Anhalten zwang, war ein leuchtender, überlebensgroßer aufblasbarer Weihnachtsmann! Super!!!

Wie hypnotisiert blieben wir vor dem Ungetüm stehen und vergaßen vor lauter Verzückung den Traktor-Motor abzustellen. Weil es schon dunkel und niemand auf der Straße war, fühlten wir uns unbeobachtet und ließen unserer Freude dementsprechend laut lachend und immer wieder mit dem Finger auf die Deko zeigend freien Lauf.

Nach ca. zehn minütiger Ausgelassenheit erstarrten wir fast gleichzeitig. Denn unsere Blicke waren nicht mehr so sehr an den luftigen Weihnachtsmann geheftet, und so ließen wir sie auch über das restliche Grundstück streifen – und unsere Blicke blieben am Auto der Besitzer hängen.

Denn in genau diesem Fahrzeug saß die Besitzerin des Hauses, gemütlich eine Zigarette rauchend. Ohne eine Miene zu verziehen sah sie uns an. Nachdem wir aus der Erstarrung des ersten Schreckens erwacht waren, fuhren wir wiederum laut lachend von dannen, dem nächsten Highlight entgegen.

Denn selbstverständlich konnten uns solch doch recht peinliche Momente nicht von der Weiterführung unserer Kitsch-Entdeckungstouren abhalten!

Wir hatten auch schon überlegt geführte Touren anzubieten. Allerdings würde es wahrscheinlich komplett ausarten, weil wir uns nicht auf eine der Tourzeit angemessene Anzahl von Häusern festlegen könnten.

Noch dazu verfügen wir beide über einen katastrophalen Orientierungssinn! Bspw. haben wir einmal per Zufall ein absolutes Highlight-Haus gefunden, als wir wieder einmal wie die drei Weisen aus dem Morgenland dem hellsten Licht gefolgt sind. Wir waren wirklich wie geblendet von dem Einfallsreichtum in Bezug auf den vielfältigen Einsatz von Lichterketten! Zu unserer Schande muss ich gestehen, dass das Haus in einem 800-Einwohner-Dorf steht, in dem wir uns eigentlich ganz gut auskennen. Pech für uns – wir haben dieses Haus trotz mehrfacher Suche nie mehr wieder gefunden.

Trotz solch kleiner Peinlichkeiten, oder gerade auch deswegen (!), sind diese „Kitsching"-Touren absolut zu empfehlen! Probiert es aus und berichtet uns von euren Erfahrungen!!!

So,

Finger aus der Nase

und los geht's.

Tanken fremder Autos

Für meinen Umzug hatte ich mir das Auto meiner Schwägerin geliehen. Selbstverständlich hätten die ganzen Sachen auch in meine Großraumlimousine gepasst, aber ich wollte dann doch nicht zu viel angeben.

Auf jeden Fall wollte dieses Auto natürlich auch irgendwann mal getankt werden. Also entsprach ich sofort dessen Wünschen und parkte gut gelaunt vor der Tanksäule, sogar auf der richtigen Seite, will heißen Tankdeckel und Tanksäule waren sich sehr nahe! Da endete leider auch schon mein Glück, denn ich hatte keine Ahnung, mit was ich das Auto hätte tanken sollen. Auch im Tankdeckel oder der Bedienungsanleitung fand ich die Lösung dieses Problems nicht. Also machte ich mich in bereits ob meiner Unwissenheit angemessener demütigen Haltung auf zum Tankstellenmann.

Zu meiner überaus großen Überraschung wusste er es auch nicht. Natürlich war dies aber für ihn kein Grund mich nicht zu verarschen! Grinsend blickte er auf den hinter mir wartenden Mann und sagte: „Das ist doch eindeutig ein Fall für einen KFZ-Service-Techniker!", und machte sich auf den Weg hinaus. Verblüffenderweise folgte uns der angesprochene Mann zum Auto. Ihm schien anscheinend das neben mir parkende Auto zu gehören, denn darauf stand in großen Lettern „KFZ-Servicetechniker". Auch wenn ich mich weiterhin ein wenig unwohl fühlte, stieg sofort meine Gewissheit den Wagen in Bälde richtig getankt in Richtung neuer Heimat lenken zu können. Was konnte jetzt noch schief gehen, mit der Hilfe zweier solcher Profis?!

Doch schon im nächsten Augenblick wurde ich auf den Boden der Tatsachen zurück geschleudert. Die sogenannten Profis versuchten auf dem gleichen Weg wie ich herauszufinden, was ich tanken soll: Die beiden liefen schon siegessicher zum Tankdeckel. Wie ich ja bereits wusste stand dort nichts drin, also wartete ich gespannt auf deren Reaktion. Und es war fast ein bisschen komisch, den beiden beim ratlosen Ums-Auto-Herumlaufen zuzusehen. Dann hatten beide anscheinend einen Geistesblitz, denn sie blieben fast gleichzeitig stehen, bevor sie in verschiedenen Richtungen auseinander stoben. Noch bevor ich mich entscheiden konnte, wem ich wohl bei der interessanteren Idee zuschauen könnte, stand der Herr Servicetechniker vor mir und bat mich das Auto aufzuschließen. Er wollte mal einen Blick aufs Armaturenbrett werfen. Aber da kam ihm der Tankstellenmann doch zuvor. Und mit der Sicherheit wie bei der Beantwortung der Million-Euro-Frage verkündete er siegessicher, dass ich Benzin tanken müsste. Unsere verblüfften und schon teilweise bewundernden Blicke nahm er mit vor stolz geschwellter Brust zur Kenntnis. Und auf unsere Frage, wie er das so schnell hatte herausfinden können, reagierte er extrem cool: „Hab´ am Tankdeckel gerochen." Sprach´s und ging ganz lässig zurück hinter seinen Tresen.

Eigentlich hätte er ja johlenden Applaus verdient gehabt, aber bis wir uns aus unserer Bewunderungsstarre gelöst hatten, bediente er schon längst wieder einen Kunden.

So sind wahre Helden!

Und er hat auch wirklich recht behalten, weshalb ich jetzt auch einen Lieblings-Tankstellenmann habe. Herrlich!!!

Alle guten Dinge
haben etwas Laessiges
und liegen wie Kuehe
auf der Wiese.

Odyssee nach Amsterdam

An Pfingsten waren wir in Holland und da durfte ein Ausflug nach Amsterdam natürlich nicht fehlen. Da wir den Weg, der ca. eine dreiviertel Stunde dauern sollte, nicht mit dem Auto zurück legen wollten, entwickelte Tanja einen alternativen Plan: Wir wollten uns mit einem Taxi zum nächsten Bahnhof chauffieren lassen und von dort aus bequem mit dem Zug weiter reisen. Doch erstens kommt es anders und zweitens als man denkt.

Hochmotiviert marschierten wir um die Mittagszeit zur Rezeption unseres Bungalow-Resorts, um uns ein Taxi bestellen zu lassen. Doch offensichtlich war gerade Mittagspause, weit und breit war nicht auch nur der Hauch eines Rezeptionisten zu erkennen. Also nahmen wir unser (Un-)Glück selbst in die Hand und unser best-english-speaker telefonierte die Taxi-Liste ab. Wie es schien herrschte in Holland eine kollektive Mittagspause – es war einfach kein Taxi zu ergattern. Der früheste Zeitpunkt für eine mögliche Taxifahrt wäre in einer Stunde, wurde uns mitgeteilt. Pah, eine Stunde. Wir waren doch jetzt voller Tatendrang. Also warf Tanja alle bestehenden Pläne über Bord und entwarf in Windeseile einen Alternativ-Plan zum Alternativ-Plan. Der sah vor, dass wir zu Fuß zum nächsten Bahnhof schlendern und von dort wie geplant nach

Amsterdam reisen sollten. Gesagt, getan. Oder etwa doch nicht?

Voller Vertrauen in unsere Pläneschmiederin tappten wir los. Und stellten an der nächsten großen Kreuzung fest, dass der Plan keineswegs so ausgeklügelt war, wie wir bisher angenommen hatten. Denn es zeigte sich, dass keiner von uns eine Ahnung davon hatte, in welchem der auf den Schildern angegebenen Orte ein Bahnhof zu Hause war. Sofort taten mir die Füße weh bei der Aussicht auf einen langen Fußmarsch. Nach einigen Minuten voller Diskussionen entschieden wir uns dazu, die Richtung einzuschlagen, die uns am städtischsten erschien. Welche Auswahlkriterien dafür eine Rolle spielten, ist mir bis heute ein Rätsel, da um uns herum weit und breit nichts anderes als Wiesen und Felder zu erkennen waren. Nichtsdestotrotz trotteten wir immer noch recht motiviert voran und Tanja verbreitete in schöner Regelmäßigkeit ihr Mantra: „Da hinten sieht es doch schon total städtisch aus." Am Anfang zeigte es noch Wirkung, wir glaubten ihr, weil auch wir die Spitze eines Hauses in der Ferne erkennen konnten. Nachdem wir aber einige allein stehende Häuser passiert hatten, hatte ich für den Spruch nicht mehr als ein müdes Lächeln übrig. Die Jungs bekamen immerhin, wahrscheinlich beflügelt durch die alkohollastige Wegzehrung, noch hin und wieder einen kleinen Lacher hin und ließen sich dann und wann sogar noch zu einigen lustigen Bemerkungen hinreißen. Nach einer gefühlten Ewigkeit erreichten wir endlich, endlich den nächsten Ort – „Stadt" wäre zu viel gesagt. Und wie nicht anders zu erwarten, war kein Bahnhof in Sicht. Also beschlossen wir eine kleine Rast in einer Kneipe einzulegen. Die Bedienung war sehr nett und orderte uns sofort ein Taxi. Dieses würde (wenn alles gut gehe, wie sie extra betonte) in einer kleinen Stunde startklar sein. Wir machten es uns also für eine kleine Stunde bei ihr gemütlich und lernten auch noch etwas. Nämlich, dass „Radler" in Holland „Schneewittchen" heißt. Tanja konnte es kaum erwarten, dieses neue und landestypische Wissen bei nächster Gelegenheit anzuwenden. Wie sie allerdings herausstellen sollte, war die Kellnerin wohl die einzige Person, die diesen Ausdruck kannte.

Frisch erholt und neu motiviert warteten wir an der verabredeten Stelle auf das Taxi. Und warteten. Und warteten. Aus der kleinen Stunde wurde mehr als eine große! Schließlich beschlossen wir genug gewartet zu haben und schlugen die Richtung ein, aus der in der letzten viertel Stunde verdächtig viele Busse angerollt waren. Die Hoffnung, einen Busbahnhof zu finden und diesen Ort endlich Richtung Amsterdam verlassen zu können, stieg wieder. Wir hatten gerade einen mehr als gruseligen und laut Selbstgespräche führenden Menschen passiert, als etwas völlig Unerwartetes geschah: Ein Taxi kam angefahren und bog dort ein, wo wir gewartet hatten. Die anderen sprinteten sofort los, schließlich wollte niemand riskieren, das Taxi zu verpassen. Wer mich nun aber kennt, der weiß, dass ich auch in Notsituationen nur sehr, sehr ungern laufe. Und auch dieses Mal konnte ich mich zu nicht mehr als einem gemächlichen Trab aufraffen, zumal ich von den ganzen Strapazen wirklich schon ermattet war. Aber, so dachte ich mir, die anderen würden das Taxi bestimmt aufhalten und auf mich warten. Und so war es auch. Allerdings war die Situation, zu der ich dazu stieß, keineswegs wie erwartet. Ich hatte mit Anfeuerungsrufen von allen bereits im Taxi sitzenden erwartet, vielleicht sogar schon etwas genervt. Aber weit gefehlt. Alle, inklusive dem Fahrer, standen um das Taxi herum und versuchten vergeblich die Tür zu öffnen. Er begründete sein Unwissen bezüglich der Tür seines Taxi-Busses damit, dass er zum ersten Mal mit dem Bus fahren würde. Mich beschlich dagegen das Gefühl, dass er den Bus geklaut hatte und ein bisschen Taxifahrer spielen wollte. Nach einigen erfolglosen Minuten rief er jemanden an, der ihm riet, den Bus einmal zu und wieder aufzuschließen und schwupsdiwups konnten wir einsteigen. Um so ein Debakel wie bei der Hinfahrt später zu vermeiden, vereinbarten wir mit ihm eine Uhrzeit, zu der er uns wieder am Bahnhof abholen sollte. Mir persönlich wäre es auch recht gewesen, wenn er den Auftrag an einen Kollegen weitergegeben hätte, aber er versicherte uns höchstpersönlich zur Stelle zu sein. Welch eine Freude! Ohne weitere Komplikationen chauffierte er uns zum nächstgelegenen Bahnhof, wo auch schon die nächste aufregende Aktion auf uns wartete: der Fahrkartenkauf! Völlig ahnungslos standen wir vor dem Automat, als sich zu unserem Glück ein junger Mann von hinten näherte. Da er mit sicherem Schritt darauf zu schritt und sehr wissend aussah, traten wir beiseite. Aber nur, um uns sofort unauffällig um ihn herum zu postieren und zuzuschauen, welche Knöpfe er drückte. Leider konnten wir damit nicht viel anfangen, weil er natürlich holländisch als Automatensprache wählte und nur ein Einzelticket zog. So bekamen wir auch nicht mit, als er fertig war. Also drehte er sich um und sah sich uns unmittelbar gegenüber stehen. Erschrocken blickte er uns an und wartete offensichtlich auf eine Erklärung. Verlegen sahen wir erst uns gegenseitig und dann ihn an. Im allerfeinsten Englisch baten wir ihn dann darum, uns den Automaten zu erklären, was er freundlichst tat. So einfach kann das also sein, man muss sich gar nicht anschleichen!

Kurz darauf saßen wir im Zug und flogen Amsterdam förmlich zu. In der Stadt angekommen, kauften Tanja und ich uns sofort ein der Landesfarbe angepasstes Andenken – super Sonnenbrillen, bei denen sowohl das Gestell als auch die getönten Gläser in einem grellen Orange erstrahlten. Da sah Amsterdam gleich viel holländischer aus! Wir schlenderten eine Zeit lang durch die Stadt, bevor wir uns in einem Pub niederließen und einige Zeit die quer über die Straße verlaufenden Verhandlungen zwischen einer Prostituierten im Schaufenster und einigen mehr als betrunkenen Junggesellenabschiedlern verfolgten, die allerdings erfolglos blieben. Im Anschluss machten wir uns auf zu einer neuerlichen Odyssee. Wir suchten nach einer Kneipe, die die anderen bei einem vorangegangenen Aufenthalt in Amsterdam besucht und als gut empfunden hatten. Nachdem wir etliche Runden in der Altstadt gedreht und alle Kneipen mehrfach von außen gesehen hatten, entschieden wir uns für eine ähnlich aussehende Kneipe. Um alle Zweifel zu verdrängen beschlossen wir, dass dies auf jeden Fall die vorher genannte Kneipe sei, allerdings könnte es sein, dass sie etwas umgebaut wurde. Mit dieser mehr oder weniger fadenscheinigen Erklärung gaben sich alle zufrieden und wir freuten uns darüber, besagte Kneipe gefunden zu haben.

Dort verbrachten wir einen schönen Abend, den wir mit einer unproblematischen Rückfahrt zu unserem Bungalow beendeten. Merkwürdigerweise brauchten wir für die Rückfahrt nur einen Bruchteil der Zeit wie am Vormittag. Aber die Heimfahrt kommt einem ja meistens kürzer vor, nicht wahr?!

Am schoensten ist es,
wenn es schoen ist.

Wartezimmergespräche

Es macht mir wirklich nix aus zum Arzt zu gehen. Als kleiner Hypochonder neige ich sogar eher dazu, einmal zu viel hinzugehen.

Was mir an solchen Terminen zu schaffen macht, sind die Gespräche der wartenden Patienten in den Wartezimmern. Obwohl ich ja wirklich mit meinen Kranken-Geschichten was hermachen und mit Sicherheit neidische Blicke auf mich ziehen könnte, übe ich mich bei solchen Gelegenheiten in vornehmem Stillschweigen. Es ist doch wirklich schlimm, wie jeder den anderen mit seinen (echten oder eingebildeten) Krankheiten und Schicksalsschlägen zu übertrumpfen versucht! Das hebe ich mir doch besser für das Arztgespräch auf! Um mein Problem zu verdeutlichen, stelle ich im Folgenden eine solche Wartezimmersituation (wohlgemerkt beim Augenarzt) nach:

Frau 1 kommt mit ihrem circa 40jährigen Sohn und mit einem Sauerstoffgerät bewaffnet ins Wartezimmer. Sie setzt sich neben die etwa gleichaltrige Frau 2.

Frau 2 (guckt schwer beeindruckt): „Sie haben ein Sauerstoffgerät!"

Frau 1 (mit einem stolzen Blick in die Runde, sich ihres Vorsprungs durchaus bewusst): „Ja, seit meiner letzten OP kann ich nicht mehr ohne."

Frau 2: „Aber ich bin an den Augen operiert. Ich kann Ihnen sagen, dass ist kein Zuckerschlecken, war ganz schön gefährlich!"

Frau 1 (mit einer wegwerfenden Handbewegung): „Ach, an den Augen wurde ich auch schon operiert, ich hab dabei fast mein Augenlicht verloren und konnte nur durch die Hilfe mehrerer Spezialisten gerettet werden."

Zack, das hatte gesessen. Ich wusste vor lauter Fremdschämen schon gar nicht mehr, wo ich hinschauen sollte. Doch es sollte noch schlimmer werden!
Frau 2 merkte von meinem Dilemma nichts (kein Wunder, alle anderen hingen auch begeistert an den Lippen der beiden) und beschloss mit einem abrupten Themenwechsel ihre Mitstreiterin zu verwirren und dadurch aufzutrumpfen.

Frau 2: „Mein Mann ist letztes Jahr gestorben. Ich kann Ihnen sagen, das Leben ist richtig schwer, so allein! Man gewöhnt sich in 40 Jahren ja schon an so jemanden." (siegessicheres Lächeln)

Doch Frau 1 macht eine unbeeindruckte Miene: „Mein Mann ist auch letztes Jahr gestorben. Und von meinen vier Kindern ist der hier (kurzer Seitenblick zu dem verstummten Sohn) der einzige, auf den ich mich, zumindest meistens, verlassen kann. Alle anderen kümmern sich nur um sich selbst."
Triumph blitzt aus ihren Augen. Undankbare Kinder sind wohl kaum zu überbieten. Doch sie hat die Rechnung ohne ihre Rivalin gemacht.

Frau 2: „Vor zwei Jahren ist mein Sohn gestorben. Es gibt nix Schlimmeres, als wenn eine Mutter ihren Sohn überlebt." (Doch. Wenn sie damit auch noch angibt!)

Es folgte: Stille. Dieser Schlag musste erst einmal verarbeitet werden. In einem letzten verzweifelten Aufbäumen kommt noch einmal ein Satz von *Frau 1*: „Aber mein Mann ist noch nicht so lange tot wie ihrer."

Die müde Antwort zeigt, dass die Erbärmlichkeit dieser Aussage eigentlich gar keine mehr wert gewesen wäre: „Tod vom Mann ist in keiner Weise vergleichbar mit dem Tod des Kindes." Damit ist der Sieg von *Frau 2* besiegelt.
Daraufhin herrscht erst einmal für eine Zeit lang Stille im Wartezimmer, bis *Frau 2* großzügig beschließt mit der Verliererin und ihrem Sohn weiterhin zu kommunizieren. Ein Fest für alle Mitpatienten, die gerade ihre Lieblingssendung „Mitten im Leben" verpassen.

Frau 2 (mit Blick zum Sohn): „Ist aber doch super, dass Ihr Sohn Sie begleitet!"

Frau 1, von der Niederlage noch erschöpft, nickt nur. Deshalb wendet sich die generöse Siegerin an den Sohn: „Wohnen Sie denn noch bei Mutti?"

Der *Sohn* wächst sofort um einen halben Meter und antwortet stolz wie Oskar: „Nein, ich habe schon (!)

eine eigene Wohnung!"
Hoho, mit 40, das ist echt ´ne Superleistung, die vor ihm kaum einer geschafft hat! Den weiteren Verlauf dieses Gespräches habe ich nicht mehr mitbekommen, weil ich zum Arzt gerufen wurde und schon jetzt fühlte ich mich ein bisschen gesünder.
Also können so furchtbare Erlebnisse wie das Mithören eines Wartezimmergespräches doch zu was gut sein: Gegen das ganze Elend fühle ich mich doch wie Gott in Frankreich!
Natürlich werde ich mich hüten, jemals in einem Wartezimmer zuzugeben, dass mein Leben eigentlich super ist!
Wahrscheinlich würde sich die wilde Meute auf mich stürzen um mir zu zeigen, was richtige Schmerzen sind!

Wenn man dat schlechte
nich wegkricht,
muss man viel Jutes
drueber kippen.

Scheibenwischwasser

Wisst ihr, was richtig Scheiße ist? Wenn an einem matschigen Regentag das Scheibenwischwasser im Auto auf der Autobahn leer wird! Man erblindet langsam aber sicher, bis man sich schließlich mehr schlecht als recht durchs blitzblanke Seitenfenster orientieren muss.
Genau dies passierte mir eines Tages auf dem Weg zur Arbeit mit einem Dienstwagen, den ich noch nicht soo gut kannte.
Zum Glück konnte ich auf der viertelstündigen Fahrt zwei Parkplätze ansteuern. Und zum ersten Mal war ich, in Bezug aufs Auto fahren, froh, dass noch etwas Schnee lag. Mit diesem reinigte ich so gut es ging die Scheibe und weiter ging es mit freier Sicht – für zumindest die nächsten 150 bis 200 Meter.
In der Stadt angekommen hielt ich an der erstbesten Tankstelle und schnappte mir einen Kanister Scheibenwischwasser. Glücklicherweise bin ich ein echter Fuchs und merkte noch vor dem Bezahlen, dass es sich um reines Konzentrat handelte. Wie sollte ich das denn jetzt bitte mischen können?! Die hilfreiche Kassiererin verwies mich auf die vorgemischten Kanister, die im Übrigen direkt neben den Konzentrat-Kanistern standen. Und wieder einmal bewies sich: Wer lesen kann ist klar im Vorteil.
Kurz darauf stand ich mit dem richtigen Kanister vor dem Auto. Und ich muss sagen, ich fand mich schon ziemlich cool, als ich sofort die Motorhaube aufbekam. Das kommt noch nicht mal immer bei

meinem eigenen Auto vor. Mit Kennermiene beugte ich mich über den wie ich finde ziemlich klein geratenen Motor (ich alter Experte) und suchte den Behälter zum Einfüllen. Ich hatte schnell drei zur Auswahl und entschied mich schließlich für den, dessen Bild mir am wahrscheinlichsten für meinen Zweck schien.

Und schon stand ich vor dem nächsten Problem: Wie einfüllen? Denn der Einfülltrichter war sehr weit unten im Motor und unter Schläuchen versteckt, und bei der Einfüllhilfe handelte es sich um einen circa fünf Zentimeter langen Schlauch. Er war also in keiner Weise eine Hilfe. Das war motorisch eine zu große Herausforderung für mich. Trotzdem stellte ich mich ihr natürlich und probierte die nächsten zehn Minuten verschiedene Varianten aus, die aber alle zu nix führten. Schließlich gab ich entnervt auf und fragte einen netten jungen Mann um Hilfe. Der sah mich nach meiner Problemschilderung zwar etwas ungläubig an, kam aber dennoch mit zu meinem Auto.

Ohne viele Umstände schnappte er sich den Kanister und kippte ihn über den Motor, bis das Wasser da hinein floss, wo es hingehörte. Erschrocken machte ich einen Satz zurück und fragte ihn entgeistert, ob der Motor von dem Zeug keinen Schaden zurück behalten könnte. Er winkte nur ab. Ich sah den Motor schon explodieren oder zumindest wild dampfen, vorzugsweise natürlich auf einer Strecke ohne Handyempfang, sodass ich „I´m walking"-singend durch den kalten Winter stapfen müsste.

Zu meinem unfassbaren Glück gehört, dass sich

meine gruseligen Befürchtungen meist nicht bewahrheiten. Und so auch dieses Mal. Der nette Mann hatte alles richtig gemacht und ich fuhr mit unfassbar sauberen Scheiben weiter.

Die Bewertungen stehen an.
Ich werde Ihre mit
Glitzersternchen versehen.

Gehaltvolles Mittagessen

Zu meiner Arbeit in einer Reha-Klinik für Kinder und Jugendliche zählte unter anderem auch das Austeilen und Beaufsichtigen der Mahlzeiten. Wichtig zu erwähnen ist in diesem Fall, dass die meisten der Jugendlichen an der Maßnahme teilnahmen, weil sie an Übergewicht litten und abnehmen mussten.

Wie an jedem Tag gab es zur Vorspeise auch an diesem Mittag Suppe, als Hauptspeise Jägersauce mit Kartoffeln. Da die Wahl des ersten Gangs wohl immer kurzfristig in der Küche getroffen wurde, stand auf den wöchentlichen Speiseplänen immer nur „Tagessuppe". Deshalb mussten wir Essensausteiler immer erst in den Behältern nachschauen, welches Gericht sich befand.

An diesem Tag wurde ich schnell fündig, bereits im ersten Topf befand sich eine helle, cremige Flüssigkeit. Blitzschnell folgerte ich, dass dies die Suppe sein müsste, da Jägersauce ja bekanntermaßen braun ist. Also teilte ich die Suppe aus. Ich wunderte mich zwar darüber, dass sie etwas dickflüssiger war als normalerweise, aber den Jugendlichen schien es zu schmecken, erstaunlich viele nahmen sich einen Nachschlag, was üblicherweise eher selten vorkam.

Und einige Minuten später sollte ich herausfinden, weshalb die Suppe so lecker war: Als ich die restlichen Töpfe entdeckelte, um mit dem Hauptgang zu beginnen, erlebte ich eine Schrecksekunde bzw. besser gesagt eine Schreckensminute! Denn in einem der Töpfe befand sich: Zwiebelsuppe!! Die Jugendlichen merkten wohl, dass ich die Farbe gewechselt hatte, denn sie fragten aufgeregt nach, ob etwas mit ihrem Essen nicht stimmen würde.

Stotternd erklärte ich ihnen, dass sie anscheinend die gehaltvolle Jägersauce als Suppe gegessen hatten. Sie fanden es zunächst lustig und dankten mir lachend für die leckere Vorspeise. Der Spaß war aber schnell vorbei, als ich ihnen eröffnete, dass nun keine Sauce mehr da sei und sie die Kartoffeln „trocken" essen müssten. Bei sowas hörte der Spaß in der Klinik wirklich auf! Zum Glück war der Hunger doch zu groß und es kam nicht zu einem Aufstand.

Diese Geschichte brachte mir im Kreis meiner Kollegen einige Lacher ein und das Austeilen des Essens dauerte seit diesem Tag etwas länger, da ich immer ganz genau analysierte, worum es sich bei den einzelnen Zutaten handelte.

Probier's mal mit

Gemuetlichkeit.

Osterhase mit „Haut und Haaren" verschlungen

An meinem zweiten Osterfest bekam ich von einem wohlmeinendem Menschen einen süßen und leckeren Osterhasen mit roter Schleife und Glöckchen geschenkt. An sich ist das ja wirklich eine gute Idee! In meinem Fall allerdings kann auch etwas so harmlos wirkendes wie dieses Häschen zu dramatischen Ereignissen führen. Denn es dachte wohl niemand daran, dass ich in meinem zarten Alter noch nicht zwischen Schokolade und Verpackung unterscheiden konnte. Und so kam es, wie es kommen musste. Mit einem beherzten „Haps" war das Glöckchen in mir verschwunden.

Kurze Zeit später fanden wir uns zunächst beim Arzt und dann im Krankenhaus wieder. Es musste natürlich nachgeschaut werden, ob das Glöckchen in der richtigen Röhre gelandet war. Also musste auch ich in die Röhre. Da ich noch so jung war, gestaltete sich das als nicht ganz einfaches Unterfangen. Denn natürlich konnte ich noch nicht verstehen, dass ich mucksmäuschenstill und ohne mich zu bewegen dort liegen bleiben müsste. Also griffen die Ärzte zu einem (wie ich zumindest finde) eher unkonventionellen Mittel: Die Arme hoch über dem Kopf gestreckt wickelten sie mich in Klarsichtfolie ein, um mich dann an einem Haken aufzuhängen. Selbstverständlich trug das keineswegs zu meiner Entspannung bei! Aber in der Folie konnte ich mich nicht bewegen und meine Schreie hörte man vermutlich auch nur gedämpft.

Auch wenn ich heute weiß, dass die Untersuchung und damit auch die Methode notwendig und durchaus gängig war, um das Glöckchen zu lokalisieren und Gefahr für mich auszuschließen, finde ich, dass diese Situation einiges von zum Räuchern aufgehangenen Schweinehälften hatte! Vielleicht ist das der Grund, weshalb ich so gut wie kein Fleisch esse?!

Zum Ausgang der Situation ist noch zu sagen, dass alle Sorgen meiner Eltern unbegründet waren. Einige Zeit später klingelte es fröhlich im Töpfchen.

Der fruehe Vogel
kann mich mal.

Ein Knöllchen in Ehren...

Wir brachen mit ein paar Mädels zu einem lustigen Shopping-Tag nach Trier auf. Jessy übernahm den Job der Fahrerin und verlangte ihrem kleinem roten Corsa Garin einiges ab, indem sie ordentlich aufs Gas drückte. Diese unbändige Raserei musste natürlich gestoppt werden und es kam, wie es kommen musste: Garin wurde geblitzt und sofort von der Polizei angehalten, keine fünf Kilometer von unserem Startpunkt entfernt. Der Polizist sprach ein paar tadelnde Worte zu der rasenden Jessy und verlangte dann 60€ Bußgeld. Jessy, natürlich immer unseren Shopping-Tag im Hinterkopf behaltend, erwiderte, dass sie so viel Geld momentan nicht dabei habe. „Ok", sagte der Polizist, „dann bringen Sie das Geld bitte bis morgen früh um 8:00 Uhr zur Polizeidienststelle." Ungläubig starrte Jessy den Gesetzeshüter kurz an, murmelte etwas wie „So früh stehe ich in meinem Urlaub ganz gewiss nicht auf.", und händigte dem verblüfften Polizisten ohne weitere Umstände das Bußgeld aus. In solch einem Fall muss man wirklich Prioritäten setzen – kann man eher den Verlust von ein paar schnieken Klamotten oder vom wohlverdienten Urlaubsschlaf verschmerzen?

Ich bin so gluecklich,

mir schiesst gleich

Konfetti

aus den Ohren.

Herzinfarkt

Ich hatte da mal einen Herzinfarkt. Naja, zumindest beinahe. Und das kam so:
Nach einem Nachtdienst auf einer nur mäßig bequemen Bettcouch wachte ich morgens mit einem echt schmerzhaften Stechen in der Brust auf. Pflichtbewusst wie ich nun einmal bin, ignorierte ich die immer stärker werdenden Schmerzen so gut es ging und erledigte meine Arbeiten. Während der Frühbesprechung war dann aber schon zu tiefes Einatmen schon schmerzhaft und später im Team fand ich kaum mehr eine ertragbare Sitzposition und die Schmerzen zogen bereits in den linken Arm. Das war für mich das letzte eindeutige Zeichen: Ich hatte definitiv einen Herzinfarkt. Stumm, aber anscheinend doch nicht unbemerkt vor mich hin leidend wohnte ich der Teambesprechung bei, bis meine Gruppenleitung schließlich ein Einsehen hatte und mich nach Hause bzw. zum Arzt schickte. Ohne groß zu widersprechen schleppte ich mich zum Auto, und saß noch nicht richtig drin, da öffneten sich auch schon die Schleusen und alle meine bisher tapfer zurück gehaltenen Tränen flossen ohne Rücksicht auf Verluste sturzbachartig aus mir heraus. Dies änderte sich auch nicht während der Heimfahrt. Ich hatte solche Schmerzen, dass ich Mühe hatte zu schalten und auch einige Male anhalten musste um mich wenigstens kurzzeitig zu regenerieren. Nach einer gefühlten Ewigkeit hatte ich endlich die Artpraxis erreicht. Mit letzter Kraft drückte ich die Tür auf – und sah in die strahlenden Gesichter meiner Mutter und ihren

Kolleginnen. Beim Anblick meines schmerzverzerrten Gesichtes verging ihnen das Lachen allerdings schnell. Sie starrten mich mit erschrockenen Blicken an, während ich einen (im Nachhinein betrachtet) wirklich oscarreifen Auftritt hinlegte: Immer noch tränenverschmiert und vor mich hin schluchzend schleppte ich mich bis zum Tresen, an dem ich mich festkrallte. Nun vollends entkräftet blieb mir nichts anderes übrig als mit nochmals besonders dramatisch schmerzverzerrtem Gesicht am Tresen hinab zu rutschen. Und als ich komplett auf dem Boden lag kam wieder Leben in die Arzthelferinnen. Sie halfen mir auf und begleiteten mich in ein Behandlungszimmer auf die Liege, während ich schluchzend von meinem Leidensweg erzählte. Ich wurde auch schnell vom Arzt behandelt und fast noch schneller geheilt. Denn etwas beschämt musste ich dann ja auch das Ende der Geschichte erzählen. Bei der Ursache meiner Schmerzen handelte es sich nämlich mitnichten um einen Herzinfarkt, sondern lediglich um einen eingeklemmten Nerv im Rücken, dessen Schmerzen in den Brustbereich strahlten.

Trotz aller Peinlichkeit so ein Drama veranstaltet zu haben, bin ich natürlich froh glimpflich davon gekommen zu sein! Und ich habe wieder eine lustige Geschichte dazu gewonnen, die sich immer wieder großer Beliebtheit erfreut, inklusive des Nachspielens der Tresen-Szene.

Bevor ich mich
jetzt aufrege,
ist es mir lieber
EGAL.

Polizeikontrolle

Ich bekomme ja immer schon Herzflattern, wenn ich eine Polizeikontrolle nur von weitem sehe. Das war auch dieses Mal nicht anders, als ich beim Hineinfahren in ein kleines Dorf einen einzelnen Polizisten mit einer Kelle neben seinem Polizeiwagen stehen sah. Und ich muss betonen, dass dieses Gefühl beim Anblick der Polizei völlig unbegründet ist! Ich habe wirklich nichts zu verbergen und bemühe mich immer, mich an die Verkehrsregeln zu halten. Dennoch stieg mein Puls um einige Schläge an und mein Gesicht nahm eine zarte rote Färbung an, als der Polizist seine Kelle hob und mich an den Straßenrand winkte. Ich hielt also mit klopfendem Herzen an und blickte beim Herunterlassen der Scheibe in das freundliche Gesicht eines noch wirklich sehr jungen Polizisten. Sofort beruhigte ich mich ein wenig. Wahrscheinlich hatte er noch etwas Übung nötig und wurde deshalb in diese Einöde abkommandiert. Er bat mich auch sehr höflich um meinen Führerschein und die Fahrzeugpapiere. Dem kam ich natürlich ohne zu zögern nach und kurz darauf konnte ich die Papiere wieder verstauen. Innerlich schon dazu bereit, meine Fahrt wieder aufzunehmen, hatte ich schon fast den Finger am Schlüssel um mein Wägelchen zu starten und hatte schon beinahe einen netten Abschiedsgruß für den netten Polizisten auf den Lippen, da hörte ich seine nächsten Worte: „So, dann schauen wir uns mal noch Ihren Kofferraum an." Sofort sank mein Herz wieder in die Hose und mein Blutdruck trat seine Reise in eine andere

Richtung an, hoffentlich würden meine Beine nicht schwach werden. Nicht, dass sich etwas Illegales in meinem Kofferraum befunden hätte – gefesselte und geknebelte Entführungsopfer, Drogen etc. sucht man bis heute vergeblich dort – trotzdem stieg meine Aufregung sofort, weil ich mir nicht vorstellen konnte, was er dort vermutete bzw. was ich ihm wohl zeigen sollte. Dennoch folgte ich brav den Anweisungen des Ordnungshüters. Abwartend blickten wir beide schweigend in den fast leeren und echt aufgeräumten Kofferraum. „Dann sehen wir uns mal Ihren Verbandskasten an." Nach diesem Satz entspannte sich meine Muskulatur ein wenig und ich konnte mich locker neben den Polizisten stellen. Dass mein Verbandskasten in Ordnung war, wusste ich rein zufällig, weil ich ihn erst vor Kurzem ausgetauscht hatte. Von dem astreinen Zustand hatte sich auch schnell der Polizist überzeugt und ich freute mich erneut auf das baldige Ende unserer Zusammenkunft. Aber schon wieder hatte ich mich zu früh gefreut. „Zeigen Sie mir bitte das Warndreieck", forderte mich der Polizist freundlich auf. Hm, Warndreieck. Wo könnte sich so etwas verstecken? Leicht überfordert sah ich mich im Kofferraum um. Dann kam mir der dringend benötigte Geistesblitz: das lag nämlich gar nicht schnöde im Kofferraum herum! Nein, das hatte ein extra Fach! Jetzt blieb nur die Frage: Wo? Da mir dieses winzig kleine Detail so schnell nicht einfallen wollte, klopfte ich ein wenig dümmlich an den Seitenwänden des Kofferraums herum. Der Polizist ließ mich kurz gewähren, allerdings nicht ohne mich fragend anzublicken. Endlich erlöste er mich aus dieser Peinlichkeit, indem er sagte: „Warum nehmen wir nicht einfach das hier, das in dem roten Plastikbehälter neben dem Verbandskasten liegt?" Die Schamesröte explodierte derart schnell in meinem Gesicht, dass ich binnen einer Zehntelsekunde mindestens so rot war wie die Verpackung meines Warndreiecks. Zu meinem Glück ignorierte der nette Polizist mein wildes Geklopfe und ließ mich nun endlich weiter fahren. Und als ich ihn nachträglich im Rückspiegel betrachtete, kam mir der Rest vom Geistesblitz: Ich hatte doch seit circa einem Jahr ein neues Auto. Und seitdem befand sich natürlich auch das Warndreieck nicht mehr versteckt in einer Seitentasche sondern lag locker im Kofferraum.

Kann ich das auch

vom Bett aus

machen?

Late-night-shopping

Im Laufe eines Lebens macht man ja die merkwürdigsten Erfahrungen. Dazu zählt bei mir eindeutig das `Late-night-shopping` im Baumarkt, das während der Häusle-Bau-Phase auf keinen Fall fehlen darf!
Da wir zum arbeitenden Volk gehören, war es uns nicht möglich, pünktlich um 17:00 Uhr vor Ort zu sein – was unserer Meinung nach wegen der verlängerten Öffnungzeiten auch nicht nötig sein sollte. Doch damit stellten wir prompt unseren Amateur-Status in Sachen Baumarkt-Schnäppchenjäger unter Beweis. Alle Kenner solcher Veranstaltungen hatten sich vermutlich Urlaub genommen. Jedenfalls war das unser Eindruck, nachdem wir einige Runden auf dem bis zu dem letzten Platz belegten Parkplatz gedreht hatten. Unsere Motivation sank mit jedem Meter, den wir zurück legten und wir waren schon kurz davor, aufzugeben, als wir doch noch einen freien Platz ergatterten und uns etliche neidische Blicke einfingen. Wie viel Glück wir hatten, auch noch sofort einen freien Einkaufswagen zu finden, sollten wir erst später erfahren.
Der Parkplatz-Wahnsinn stand unglaublicherweise in keinem Zusammenhang zu dem, was uns im Inneren des Marktes erwartete. Bereits jetzt zogen sich die Warteschlangen zu den Kassen durch die Hälfte des Baumarktes. Dabei wirkten alle Wartenden zwar leicht angespannt, zeigten aber dennoch ein Übermaß an Geduld, während sich die

Schlangen gefühlt alle halbe Stunde um nur einige Zentimeter nach vorn bewegten.

Dem Phänomen der Baumarktmitarbeiterinnen, deren stoische Gelassen- und Entspanntheit für die gemütliche Wartementalität der Baumarktkunde Sorge tragen, werde ich mich zu einem späteren Zeitpunkt ausführlicher widmen.

Die Männer, die sich im Baumarkt tummelten, waren selbstverständlich dem Anlass entsprechend gekleidet: Jeder – aber wirklich jeder von ihnen – trug eine Arbeitshose, die mit ungefähr tausend Taschen ausgestattet war, und ein mitgenommenes T-Shirt an. Einige komplettierten ihre Outfits noch mit schicken Schirmmützen, die mit den Logos ihrer Lieblings-Baumaschinenfirmen bestickt waren. Damit wurde jedem in aller Deutlichkeit gezeigt, dass es sich bei keinem von ihnen um Sesselpupser, sondern vielmehr um hart arbeitende, sich dreckig machende Handwerker-Kerle handelte. Davon zeugten auch die riesigen Einkaufswagen ohne Korb, auf denen ausschließlich große Gerätschaften, viel Holz und andere Baumaterialien transportiert wurden.

Die einkaufenden Damen hingegen ließ dieses Gehabe völlig kalt. In aller Gemütlichkeit schoben sie ihre kleinen Einkaufswagen durch die Gänge, packten hier ein hübsches Blümchen ein, freuten sich dort über einen besonders schönen und günstigen Dekoartikel und gerieten fast aus dem Häuschen, wenn sie die Regale mit den Schnäppchen-Haushaltsartikeln erreichten.

Man kann sich vorstellen, dass die Kluft zwischen den Geschlechtern an diesem Ort und zu dieser Zeit kaum größer hätte sein können. Dass es zu keinem größeren Eklat kam, ist wohl nur dem Zufall und einer immensen Portion Selbstbeherrschung aller Beteiligten zu verdanken. Denn das gleiche Maß an Gelassenheit, mit dem die Frauen gemütlich durch die Gänge schlenderten, legten die Männer mit ihrer Entschlossenheit an den Tag, die besten Schnäppchen in Sachen Baumaterial zu erwischen. Und dementsprechend viele Augenroller und genervte Seufzer wurden von den Herren der Schöpfung in Richtung Damenwelt ausgesandt. Mehr als einmal erschien der Eindruck, dass sie sich fragten, was das Weibsvolk in dieser Männerhöhle überhaupt zu suchen hatte. Gemäß ihrer Einkaufsmentalität ignorierten die Frauen die negativen Schwingungen und die mit Einkaufswagen drängelnden Männer, was insgesamt ein sehr sehenswertes Bild abgab.

Ein weiteres erwähnenswertes Phänomen sind die Mitarbeiter eines solchen Baumarktes. Die erste Lektion, die ich zu lernen hatte, war, dass jeder Mitarbeiter einer bestimmten Abteilung zugeordnet ist und anscheinend nicht die Erlaubnis hat, auch nur einen Schritt in die angrenzenden Abteilungen zu machen, geschweige denn, einem irgendeine Auskunft darüber zu geben. Stattdessen wird man an den Info-Stand der jeweiligen Abteilung verwiesen, bevor der befragte Mitarbeiter wie von Zauberhand verschwindet. Interessanterweise sind immer nur in den Abteilungen sichtbare Mitarbeiter vorzufinden, in denen man keine Hilfe benötigt. Ob man einen besonderen Fragen-Duft ausströmt, gegen den die

Mitarbeiter allergisch reagieren und vor dem sie sich in Sicherheit bringen müssen???

Wir jedenfalls standen gute zwanzig Minuten in einer Schlange eines Service-Punktes, ohne dass etwas Nennenswertes geschah. Kurioserweise waren die Mitarbeiter an diesem Stand vorhanden, gut sicht- und quasi greifbar. Allerdings schienen sie gerade ein Päuschen zu machen, denn sie standen hinter ihrem Tresen und unterhielten sich, ohne uns auch nur eines Blickes zu würdigen. Nach einer endlos langen Zeit erbarmten sie sich schließlich doch der geduldig Wartenden und halfen uns in unserer Not – wenn auch nicht getrieben von großer Motivation.

Doch auch das alles ging irgendwann vorüber und nach einer gefühlten Ewigkeit verließen wir den Baumarkt.

Kaum waren wir beim Auto angekommen, gesellte sich eine nett lächelnde Frau zu uns, die uns beim Beladen des Autos zusah. Wir versuchten, uns die Irritation nicht anmerken zu lassen, lächelten aber etwas verunsichert zurück. Erst als ein Mann mit einem freundlichen „Hallo" zu unserer kleinen, merkwürdigen Gruppe dazu stieß, sollten wir erfahren, was es mit den Zuschauern auf sich hatte: Die Frau reagierte auf den Neuankömmling nicht annähernd so freundlich wie wir – und wir waren schon sehr zurückhaltend, da unsere Irritation immer weiter stieg.

Die Frau brachte aber schnell Licht ins Dunkle, indem sie dem Mann mit schroffer Stimme erklärte, dass der Einkaufswagen schon für sie reserviert sei. Ganz bedröppelt zog der Mann von dannen, während die Siegerin des Einkaufswagen - Wettstreits triumphierend grinste und wir uns nur verdutzt ansehen konnten. Wo waren wir hier nur hingeraten??

Auf dem Rückweg wurde uns bewusst, welches Glück wir hatten, dieses Abenteuer problemlos und erfolgreich bestanden zu haben – und das ohne die Spielregeln zu kennen.

Der Kapiervorgang
wurde leider
abgebrochen.

Rollenspiel mit einem Kleinkind

Wenn ihr euch mal so richtig blöd vorkommen wollt, lasst euch auf ein Rollenspiel mit einem Kleinkind ein! Bei uns läuft das in etwa so ab: Tagelang habe ich beobachtet wie der Papa, der mehr auf der Couch liegt als sitzt, zwei bis drei Stofftiere in die Hand gedrückt bekommt. Das ist erst einmal seine ganze Aufgabe. Das Kind hat ebenfalls ein Stofftier in der Hand, mit dem es für meine Augen ziel- und grundlos durch die Gegend läuft. Aus mir nicht erkennbaren Gründen bleibt es plötzlich stehen, dreht das Stofftier zum Papa und sagt: „Wasser, Wasser." Jetzt kommt endlich ein bisschen Bewegung in den Papa, die Stofftiere in seiner Hand hüpfen herum und er sagt: „Ja, wir brauchen Wasser." Das Kind nickt und läuft weiter, bis es wieder bei der Couch und seinem Papa ankommt. Dort begrüßen sich die Stofftiere, quatschen ein bisschen und der Spaß geht von vorne los. So weit, so gut und eigentlich kein Hexenwerk. Sollte man meinen. Denn jetzt kommt mein großer Auftritt. Der Papa ist nicht da, also wird mir die große Ehre zuteil, seinen Part zu übernehmen. Und ich scheitere schon daran, mich richtig zu platzieren. Es dauert eine Weile, bis das Kind mich ausgerichtet hat. Eigentlich haben wir beide jetzt schon keine richtige Lust mehr. Aber das Kind gibt mir noch eine Chance, das Gute! Ich bekomme also die Stofftiere in die Hand gedrückt und es läuft mit seinem los. Es dauert auch nicht lange, bis ich das altbekannte „Wasser, Wasser" höre. An dieser Stelle möchte ich betonen, dass ich wirklich versucht habe, alles richtig zu machen! Ich lasse also die Tiere hüpfen und antworte, sogar mit verstellter Stimme: „Ja, wir brauchen Wasser." Statt der Reaktion, die ich immer beobachtet hatte, erhalte ich einen entsetzten Blick und ein lautes „Nein!". Das Kind bleibt reglos stehen und schaut mich erwartungsvoll an. Schon etwas verunsichert frage ich: „Bekommen wir kein Wasser?" „Nein." „Bekommt der Hund Wasser?" „Nein." „Soll ich dir Wasser bringen!" „Nein."... Ich hoffe, ihr merkt, wie sehr ich mich bemüht habe! Und mit jedem Mal wird die „Nein"-Antwort genervter. Ich kann den Teenager, der schon tief im Kind schlummert, immer deutlicher hören. Um ihn nicht jetzt schon zu wecken, wechsele ich das Thema und frage, ob die Stofftiere etwas essen oder trinken wollen. Damit habe ich den Bogen aber ganz offensichtlich überspannt. Mit einem lauten Seufzer kommt das Kind auf mich zu – und nimmt mir die Stofftiere weg. Es dreht sich um und spielt alleine weiter. Und ich? Sitze verdattert auf der Couch. Eigentlich sollte ich mich freuen, dass das Kind so toll alleine spielen kann und ich eine Verschnaufpause habe. Aber ich muss zugeben, das kratzt schon ein wenig an meinem Ego...

Finger weg

von meiner

Seifenblase!

Selfie – Könige

Ich gehöre ja mittlerweile dem exquisiten Club der
Ü-40er an. Und in dem Zusammenhang wurde mir
glaubhaft versichert, dass ich das guten Gewissens
als Entschuldigung nutzen kann, wenn ich mich mit
technischen Errungenschaften nicht mehr so gut
auskenne. Und ich kann euch sagen, diese Ausrede
nutze ich mit Wonne und ausgiebig!
Leider muss ich aber gestehen, dass sich folgende
Episode schon einige Jahre vor meinem Club-
Beitritt ereignet hat. Mein Gatterich und ich
entspannten uns einige Tage im schönen Holland.
Während eines Spazierganges entdeckten wir einen
wunderschönen Leuchtturm und entschieden, dass
er sich hervorragend als Hintergrundkulisse eines
Selfies eignen würde. Also machten wir uns auf die
Suche nach dem besten Plätzchen dafür. Das war
schnell gefunden und wir schmissen uns in Position.
Ich möchte dazu erwähnen, dass das für uns beide
Selfie-Premiere war. Hochmotiviert drückten wir
viele, viele Male auf den Auslöser. Anschließend
setzten wir uns in den Sand, um die Ergebnisse zu
begutachten und das beste Foto auszusuchen, um es
unseren Lieben zu Hause zu schicken. Doch zu
unserem großen Bedauern war keines der Fotos dazu
in der Lage zu sagen „Hey, seht mal her, wir haben
eine tolle Zeit an einem wunderschönen Ort!" Gut,
wir hätten natürlich eins nehmen können, auf dem
der Leuchtturm in voller Pracht, von uns aber nur
der Haaransatz zu sehen war. Das war nämlich auf
den meisten Bildern der Fall. Auf den anderen waren
entweder nur unsere Gesichter, ein bisschen

Sandstrand oder ganz was anderes abgebildet. Wir haben das Thema `Urlaubs-Selfie` dann schnell ad acta gelegt, uns aber einige Male gefragt, weshalb so viele Menschen ihre Zeit mit Selfie-Schießen verbringen, wo es doch offensichtlich Stunden dauert, auch nur ein halbwegs anständiges hinzubekommen?!

Wieder zu Hause berichteten wir den Daheimgebliebenen von unseren Urlaubserlebnissen, wobei natürlich auch unser Selfie-Debakel nicht fehlen durfte. Doch zu dieser Episode erhielten wir nur verständnislose Blicke. Also zeigten wir zum Beweis unserer Schmach die Leuchtturm – Stirn – Bilder. Unverständlicherweise ernteten wir wieder skeptische Blicke, untermalt von einigen lauten Lachern. Nachdem wir mehrfach versichern mussten, dass wir den Witz dabei wirklich nicht verstanden, erbarmte sich endlich jemand. Uns wurde erklärt, dass wirklich jedes Handy (seht ihr, ich sage sogar noch Handy und nicht Smartphone!) diese eine spezielle Funktion hat, die Kamera umzudrehen. Verblüfft sahen wir erst uns und dann die Kamera an. Tatsächlich, das funktionierte! Ich hatte das schon im Fernsehen gesehen, aber wer konnte denn ahnen, dass auch mein kleines Telefon zu so etwas in der Lage war?!

Und was soll ich sagen: In der nächsten Zeit versuchten wir uns einige Male an dieser Selfie-Funktion, aber es lag wohl nicht nur an der Kamera, dass ihr in diesem Buch keine Fotos findet!

Man sollte oefter mal einen Mutausbruch haben!

Karma

Für mich gehört zu einem guten Besuch bei Ikea auch dazu, Leute auf dem Parkplatz zu Bestaunen und Belächeln, die erstaunt feststellen, dass sie keine Großraumlimousine, sondern einen Kleinwagen besitzen. Aber ich muss euch warnen, Karma schlägt auch bei solch scheinbaren Kleinigkeiten zurück. In unserem Fall nicht im Möbelhaus, sondern im Baumarkt. Voller Vorfreude kamen wir dort an, weil wir wie wir fanden, super vorbereitet waren: Wir hatten einen Anhänger dabei, sämtliche nötigen Gurte und was man sonst noch so als Profi-Baumarkt-Besucher benötigt. Schnell hatten wir alles beisammen und machten uns auf den Weg zum Auto. Dort angekommen, hatte ich eine Eingebung der ganz besonderen Art: Ich wusste plötzlich, wie sich die Menschen auf den Ikea-Parkplätzen fühlen mussten. Egal, wie wir es drehten und wendeten, unsere Einkäufe wollten einfach nicht auf den Anhänger passen. Kleinlaut mussten wir uns eingestehen, dass wir unsere Errungenschaften an diesem Tag nicht nach Hause transportieren könnten. Mit hängenden Köpfen und vollem Einkaufswagen schlichen wir zurück in den Laden. Als wir an den Kassen vorbei schlenderten blickten wir in mehr als ein schadenfrohes Gesicht. Wir versuchten tapfer zurück zu lächeln und nickten den Anstehenden resigniert zu. Schließlich haben wir dieses Lächeln auch schon oft genug aufsetzen dürfen. Als der Mitarbeiter, der uns bedient hatte, uns demütig durch die Gänge gehen sah, rief er schon von Weitem: „Ah, hat´s nicht gepasst? Ich zeig´ euch, wo ihr die Sachen unterstellen könnt!" Danke, jetzt hatte wirklich jeder im Laden von unserer Schmach erfahren. Aber es beruhigte uns auch, dass es tatsächlich einen Lagerraum für solche Fälle gab. Wir waren nicht allein!

Ich mache jetzt

erst mal Nichts.

Und dann warte

ich ab.

Polizeikontrolle (mal wieder)

An einem schönen Freitagnachmittag war ich nach der Arbeit auf dem Weg zum Einkaufen, als ich im Rückspiegel ein Polizeiauto entdeckte. Mit klopfendem Herzen kontrollierte ich schnell die wichtigen Parameter: angeschnallt, Licht an, nicht zu schnell,... Alles in Ordnung, hinter mir waren sie also nicht her. Erleichtert setzte ich den Blinker und bog auf den Parkplatz ein. Doch der Schreck folgte mir in Form des Polizeiwagens auf dem Fuß. Jetzt bloß keine Fehler machen! Die wollen bestimmt auch nur einkaufen, mach´ sie nicht auf dich aufmerksam! Zum Glück fand ich auf dem vollen Parkplatz eine gute Parklücke. Weil ich nicht durch unfähiges Zurücksetzen auffallen wollte, fuhr ich ganz schön schnittig in die Parklücke. Ziemlich stolz auf mich stieg ich aus dem Auto – nur um zu erkennen, dass meine Bemühungen „unauffällig" zu sein, umsonst waren. Der Polizeiwagen hatte genau hinter meinem Auto angehalten. Ich blieb erst einmal stehen und starrte verwundert und angstvoll auf die beiden im Auto sitzenden Polizisten, die mich ihrerseits auch ansahen. Dann öffnete der Fahrer die Tür und stieg aus. Langsam kam der Zwei-Meter-Mann mit seiner schusssicheren Weste und den ganzen Polizeiutensilien am Gürtel auf mich zu. Ganz schön angsteinflößend, kann ich euch sagen! Allerdings beruhigte sich mein Puls etwas, als ich hörte, was er zu sagen hatte: „Polizei. Bitte nicht weglaufen!" Bewegungslos und mit wahrscheinlich leerem Blick starrte ich ihn an, während sich in meinem Kopf einige Fragen formten: Weglaufen?

Wohin? Und Warum? Sagen die das mittlerweile bei jeder Kontrolle? Dass ich generell nicht laufe, konnte er natürlich nicht wissen. Aber auch ohne diese Kenntnisse seinerseits verwirrte mich die Aussage sehr. Eine Verfolgungsjagd über den Parkplatz erschien mir doch sehr absurd! Er schien es aber tatsächlich ernst zu meinen. Also nickte ich nur und blieb abwartend stehend. Während dieser kurzen Zeit der Stille nutzte ich die Gelegenheit, mich ein wenig umzusehen. Selbstverständlich war der Parkplatz bis auf den letzten Platz belegt und die Einkäufer verrenkten sich die Hälse um zu sehen, wie die Polizei einen offensichtlich erheblichen Gesetzesbrecher ahndete. Manche änderten sogar ihren Weg zum Auto bzw. zum Laden, um näher an den Ort des Geschehens zu kommen. Ob sie wohl enttäuscht gewesen wären, wenn sie gewusst hätten, dass es sich bei mir nicht um einen bösartigen Schurken handelte, sondern an meinem Auto lediglich eine Glühbirne kaputt war? Genau das teilte mir der Polizist nämlich mit, bevor er sich wieder ins Auto setzte und in aller Seelenruhe die Mängelkarte ausfüllte. Ich wartete natürlich brav, denn er hatte ja gesagt, dass ich nicht weglaufen durfte. Zum Abschied erklärte er mir, wie ich weiter zu verfahren hätte und fuhr von dannen. Und ließ mich mit so vielen Fragen zurück: War das wirklich nötig? Ist das das normale Vorgehen? Werden die Einkäufer jetzt aufgeregter in ihr Wochenende starten?

Ich entschied mich, den Leuten ihren Spaß zu gönnen. Ihr wisst schon, gute Tat und so. Und in Sachen Polizei kam ich zu dem für mich sehr beruhigenden Schluss, dass ich in einem sehr beschaulichen Ort lebe, in dem einfach nicht sehr viel Schlimmes passiert! Und wenn ich hier Polizist wäre, würde ich auch jede sich bietende Gelegenheit für einen coolen Auftritt nutzen! Wir sind doch alle ein bisschen CSI!

Als kleines Schmankerl möchte ich euch zum Abschluss noch meinen Lieblings-Superhelden vorstellen:

La Chicken

Beim „Schrecken, der die Nacht durchflattert" denken die meisten Menschen wohl an Darkwing Duck. Naja, zumindest die Kinder der 90er. Doch ich kann alle nachkommenden Generationen trösten: Diese Assoziation ist falsch! Denn der wahre Superheld, der die Bösewichte das Gas schnuppern lässt, ist La Chicken! Wie und wann und warum er zu seinen Superkräften kam, ist nicht bekannt, da er ein äußerst bescheidener und scheuer Superheld ist – ganz im Gegenteil zu seinen geltungswütigen Kollegen Spiderman, Superman, Batman und wie sie alle heißen, die ihr Gesicht alle naselang ins Fernsehen halten.
Ganz im Stillen geht La Chicken tagsüber seinem bürgerlichen Leben nach, um nachts bei Erscheinen seines Geheimzeichens loszustürmen und die Welt zu retten. Unerschrocken lehrt er nachts die miesen Oberschurken das Fürchten und macht die Welt ein bisschen besser!
So ist es auch an einem sonnigen Sommerabend. La Chicken ist gerade nach Hause gekommen und beginnt sofort mit dem Kochen. Er ist ein wirklich hervorragender Koch und freut sich dementsprechend auf sein köstliches Mahl! Mit dem beladenen Teller lässt er sich eine halbe Stunde später mit einem Seufzer der Vorfreude auf seinem Stuhl nieder. Gerade, als er die Gabel in das zarte

Fleisch steckt, geht über seinem Schrank die grüne Alarmlampe an. Wieder seufzt er. Diesmal aber nicht aus Vorfreude, sondern weil er sein Abendessen dahinschwinden sieht. Die Alarmlampe ist nämlich sein Zeichen für einen Notfall. Ab und zu wurde es zwar durch einen Wackler ausgelöst, doch damit rechnet er heute nicht. Um sicher zu gehen, schnappt er sich sein Fernglas, stellt sich auf das schwarze Quadrat in seinem Wohnzimmer. Sofort gleitet die Hebebühne nach oben und schiebt sich durch die sich gleichzeitig öffnende Luke im Dach an die frische Luft. Von dort hat er einen weiten Rundumblick, den er sofort mit Hilfe seines Fernglases absucht. Und tatsächlich: In weiter Ferne macht er am Himmel sein Geheimzeichen aus: ein grün leuchtendes Hähnchen. Jetzt ist Eile geboten. Augenblicklich betätigt er den Knopf der Hebebühne, um sie wieder herunter zu fahren und das Dach zu schließen. Allerdings wartet er nicht ab, bis sich die Platte wieder dem Fußboden angleicht. Katzen- oder besser gesagt hähnchengleich springt er auf den Fußboden und hechtet zu seinem Kleiderschrank, der sich automatisch öffnet. Er springt hinein, dreht sich mit dem Gesicht nach vorne, erhascht noch einen letzten wehmütigen Blick auf sein duftendes und dampfendes Essen, drückt den grünen Knopf in der Innenseite der Schranktür und los geht's. Auf dem Weg durch den Falltunnel zu seinem Geheimversteck zieht er die Koordinaten vom Geheimzeichen, die er zuvor auf dem Fernglas gespeichert hat, auf seiner Computerbrille und bereitet seinen Flugweg unter Berücksichtigung der

Wetterverhältnisse, des Sonnenstandes und der Bevölkerungsdichte vor. In seinem Geheimversteck angekommen, das sich mysteriöserweise unter seinem Elternhaus befindet, sprintet er rüber zu dem Metallkasten und springt hinein. Im selben Moment, als er die Arme ausbreitet und sich breitbeinig hinstellt, erscheint von oben aus dem Metallkasten sein Superhelden-Kostüm. In Null-Komma-Nichts hat er sich in La Chicken verwandelt. Dazu gehört neben dem namensgebenden Chicken-Anzug zusätzlich auch ein Kampfanzug, bestehend aus Knie- und Ellenbogenschützer, einem Karatestirnband und Kampfhandschuhen. Gleichzeitig wird seine rasende Eierschale aus der unterirdischen Garage hochgefahren. Dieses Gefährt hat La Chicken gemeinsam mit seinem Freund Elmo, einem begnadeten Wissenschaftler entwickelt. Es handelt sich dabei wie der Name schon sagt um ein eierschalenförmiges und -farbiges Fahrzeug, das in Schallgeschwindigkeit sowohl fahren als auch fliegen kann. Außerdem hat es eine Unsichtbarkeitsfunktion, die La Chicken einschalten kann, wenn die Gefahr besteht, dass er entdeckt wird.

Da es inzwischen schon dunkel ist und er sich erst einmal zum Einsatzort begeben muss, ist dies erstmal nicht nötig. La Chicken springt in die Eierschale und gibt Gas. Rasend schnell fährt er über die Landstraße und hat sein Ziel ratzfatz erreicht. Er staunt nicht schlecht, als er aus seiner Eierschale aussteigt. Diesen Ort kennt er und auch der Mann, der gerade ganz aufgeregt aus dem Gebäude gelaufen kommt, ist ihm keineswegs unbekannt.

„Oh, La Chicken, zum Glück bist du da! Es ist wirklich ein Drama!", ruft Elmo, der Wissenschaftler panisch und völlig außer Atem.

„Ganz ruhig, komm erst mal zu Atem", versucht La Chicken seinen Freund zu beruhigen. „Wir gehen jetzt rein und dann erzählst du mir, was passiert ist."

In Elmo's Labor angekommen, läuft dieser ganz aufgeregt hin und her, während er erzählt.

„Er war in den letzten Tagen schon so komisch, als hätte er Angst, und gestern Nachmittag war er auf einmal verschwunden, und..."

„Ok, ok, stopp! Du musst der Reihe nach erzählen und nichts auslassen, sonst wird das hier nix", erklärt La Chicken dem aufgebrachten Elmo. Unser Superheld hat sich derweil auf einem Bürostuhl niedergelassen. Während der Wissenschaftler wie von der Tarantel gestochen durch das Labor gelaufen ist, hat er sich die umstehenden Gerätschaften, Reagenzgläser und dampfenden, quietschbunten Substanzen angeschaut.

„Sieht ja wirklich hochbrisant aus bei euch! Was erforscht ihr hier eigentlich?", fragt er den Wissenschaftler.

Zum ersten Mal in den letzten Minuten hält Elmo inne und sieht seinen Freund an: „Erstens unterliegt unsere Arbeit strengster Geheimhaltung und zweitens befinden wir uns hier im Labor von meinem Kollegen Professor Dr. Weideland. Ich habe selbst keine Ahnung, an was er gerade arbeitet."

„Warum sind wir denn bei ihm und nicht in deinem Labor?"

„Nun ja, weil er derjenige ist, der verschwunden ist. Und ich dachte, du willst dich vielleicht an seinem Arbeitsplatz umsehen?"

„Ah, ok, dann weiß ich jetzt ja schon mal wenigstens ungefähr, worum es geht", grinst La Chicken. „Dein Kollege ist also verschwunden. Kannst du mir noch ein bisschen mehr erzählen über Prof. Prof. ...?"

„Prof. Dr. Weideland", sagt Elmo automatisch.

„Genauso", bestätigt La Chicken mit einem weiteren Grinsen. „Was ist jetzt mit ihm?"

„Ok, wo soll ich anfangen? Seit einigen Monaten arbeitet Wilfried, so heißt er mit Vornamen, an einem hochgeheimen Projekt. Noch nicht einmal Kasimir und mir hat er davon erzählt."

„Moment mal, wer ist denn Kasimir?"

„Das ist ein weiterer Kollege. Wir arbeiten hier zu dritt."

„Aha, und wo steckt dieser Kasimir jetzt?", will La Chicken wissen.

„Er hat sich die letzten beiden Tage frei genommen. Ich habe ihn auch noch nicht erreichen können, um ihm von Wilfried's Verschwinden zu berichten."

Als Elmo den kritischen Blick von La Chicken sieht, beeilt er sich hinzuzufügen: „Das ist bei ihm aber nicht ungewöhnlich. Er wandert an den meisten seiner freien Tage ohne Handy etc. durch den Wald."

„Hm", macht La Chicken nur und tippt sich `Befragung Kasimir` mit drei Ausrufezeichen in seinen Armband-PC.

„In den letzten Tagen hat Wilfried sich sehr merkwürdig verhalten. Er hat kaum ein Wort mit uns gesprochen, sich in seinem Labor eingesperrt und

insgesamt ganz gehetzt gewirkt. Heute Morgen hat er dann auf einmal fluchtartig sein Labor verlassen."
„Ist denn vor einigen Tagen etwas vorgefallen, wodurch sich sein merkwürdiges Verhalten erklären lässt?"
„Ich glaube, er hat einen zusätzlichen Auftrag von seinem Auftraggeber erhalten, aber auch dabei weiß ich weder um wen, noch um was es sich handelt."
„Okay, dann werde ich mich gleich mal hier im Labor umschauen. Wurde die Familie von dem Professor schon informiert?"
„Nein. Er ist nicht verheiratet, seine Eltern sind bereits gestorben, und seine Schwester lebt in China, die würde ich lieber erst informieren, wenn ich genau weiß, was los ist."
„Gut, wie du möchtest", antwortet der Superheld.
„Würdest du mir bitte noch die Adressen von deinen beiden Kollegen mailen?", fragt La Chicken.
„Aber,...", setzt Elmo zu einer Antwort an.
„Elmo, wenn ich den Professor finden soll, musst du mir diese Informationen geben. Ich muss doch irgendwo anfangen."
Als er Elmos skeptischen Blick sieht, fügt er hinzu: „Das heißt doch nicht, dass ich deinen Kollegen verdächtige, aber ich muss doch alles ausschließen."
„Okay", gibt Elmo sich geschlagen und verlässt das Büro.
La Chicken tritt sofort in Aktion. In Sekundenschnelle scannt er das Büro, allerdings ohne zufrieden stellendes Ergebnis. Es sind keine Anzeichen auf die Arbeit des Professors zu erkennen. Einzig die vielen verschiedenen Tierhaare

zwischen und in den Reagenzgläsern findet La Chicken eigenartig, kann sich aber noch keinen Reim darauf machen. Also wird er sich erst einmal in der Wohnung des Professors umsehen. La Chicken springt in seine rasende Eierschale und Elmo sieht nur noch eine Staubwolke, als sein Freund abzischt.

So eine merkwürdige Wohnung hat La Chicken noch nie gesehen! Außer einem Bett, einem Schrank, einem kleinen Tisch mit einem Stuhl, einem Kühlschrank und einem Herd ist sie absolut leer. Kein einziges persönliches Stück ist dort zu finden. „Komischer Kauz, dieser Professor", murmelt La Chicken. Gerade will er die Wohnung verlassen, als er beim Besteigen des Fensterbrettes etwas Gelbes unter dem Kühlschrank liegen sieht. Eilig läuft er hin und zieht den Zettel hervor. „Fuchsbau" ist dort mehrfach zu lesen. La Chicken zögert. Irgendetwas sagt ihm dieses Wort, er kommt im Moment aber nicht darauf, worum es sich handelt.

Also beschließt er, sich erst einmal die Wohnung des dubiosen Kasimirs anzuschauen.

Auf dem Fensterbrett stehend breitet er seine Flügel aus und lässt sich zum nächsten Punkt gleiten und landet sicher auf der Fensterbank von Kasimirs Wohnzimmer. Was er durch das Fenster sieht, lässt ihm den Atem stocken.

„Es tut mir leid, Elmo, aber dein Freund Kasimir ist gerade zum Hauptverdächtigen aufgestiegen", murmelt der Superheld.

Mit seinem Schnabel, der ihm außerdem als Dietrich dient, öffnet er das Fenster und steigt in das Wohnzimmer.

„Dieser   Anblick   spottet   wirklich   jeder

Beschreibung", sagt er kopfschüttelnd vor sich hin. Der komplette Raum ist voll geklebt, gestellt und gelegt mit Bildern, Informationen und Daten vom Prof. Dr. Weideland. Das ganze Leben des Professors ist im Wohnzimmer Kasimir ausgebreitet. Dies lässt für La Chicken momentan nur einen Schluss zu: In irgendeiner Weise hat Kasimir etwas mit dem Verschwinden des Professors zu tun, anders kann er sich diese Besessenheit nicht erklären. Er hält das Zimmer und seinen Inhalt mit der Kamera fest. Zum Glück findet er auch ein Foto des Verdächtigen. Er scannt es ein und speichert es in der Suchdatenbank seiner Brille, ebenso wie das Bild des Professors, von denen gibt es schließlich genug.

Während er das Stadtgebiet überfliegt und es nach Kasimir und dem Professor abscannt, lässt ihm der ´Fuchsbau´ keine Ruhe. Wenn er nur wüsste, woran ihn das erinnert!

In dem Moment sieht er etwas Merkwürdiges: Die Katzen und Hunde scheinen sich zusammen zu rotten, überall in der Stadt laufen sie herum und alle in dieselbe Richtung.

„Blödsinn, das ist bestimmt nur Zufall", sagt La Chicken zu sich selbst und konzentriert sich wieder auf seine Suche.

Diese bleibt allerdings in der Stadt erfolglos, deshalb wendet er sich den umliegenden Wäldern zu. Das erschwert die Zusatzsuche, die die rasende Eierschale per Fernkoordination am Boden durchführt. Aber sie ist dank ihrer perfekten Bauweise in der Lage sich auf jedweden Boden einzustellen.

Auch im Wald bemerkt La Chicken wieder die Tiere, die alle in die gleiche Richtung zu laufen scheinen. „Das ist ja wie bei der Arche Noah", denkt er und beschließt, dieses Phänomen weiter zu beobachten. Aber erst einmal muss er den Professor finden. Er gleitet etwas tiefer und im Sinkflug fällt es ihm wie Schuppen von den Augen! Wie konnte er nur seinen alten Widersacher Feuerfuchs vergessen??!

Er kann nur hoffen, dass der Bösewicht nichts mit dem Verschwinden des Professors zu tun hat, dann wäre der Mann wirklich in ernsten Schwierigkeiten! Zur Sicherheit sendet er die Abfrage der letzten Aktivitäten und Aufenthaltsorte des Feuerfuchses an die rasende Eierschale, in der sich sein Hauptcomputer befindet.

Im selben Moment entdeckt er eine merkwürdige Gestalt: Ein Mann im Tarnanzug, gepaart mit einem wilden Muster aus Tarnfarben in seinem Gesicht, läuft geduckt von Baum zu Baum. Immer wieder sieht sich der komische Mann hektisch um und absolviert auch den einen oder anderen Purzelbaum auf seinem Weg.

'Na, ein talentierter Turner ist er schonmal nicht', denkt der Superheld.

Plötzlich gerät er ein bisschen ins Schleudern, als seine Computerbrille wie wild anfängt grün zu blinken. Der Tarn-Mann ist also tatsächlich einer der Gesuchten. Wie La Chicken richtig vermutet, handelt es sich um Kasimir. Da dieser komplett in seine Pseudo-Verfolgungsjagd vertieft ist, bemerkt er den Superhelden nicht, der sich im Steilflug auf ihn stürzt. Es entsteht ein kleines Gerangel, bis La Chicken Kasimir schließlich im Griff hat. Er setzt den Wissenschaftler gegen einen Baum und geht ruhig, sein Kinn reibend, um ihn herum.

„Wer sind Sie, und was wollen Sie von mir?", fragt der Wissenschaftler mit vor Angst weit aufgerissenen Augen.

„Sind sie Kasimir, der Kollege von Elmo und Wilfried?", stellt der Superheld die Gegenfrage.

„Ja, woher wissen Sie das?", antwortet Kasimir verblüfft.

„Das tut jetzt nichts zur Sache", bekommt er als unfreundliche Antwort. „Was können Sie mir über das Verschwinden von Professor, Professor,.. ach, von Wilfried Weideland sagen?"

„Wilfried ist verschwunden? Seit wann? Warum?" Kasimir scheint wirklich erschrocken zu sein. Aber davon lässt sich La Chicken nicht beeindrucken.

„Er ist seit gestern verschwunden, ganz zufällig passend zu Ihren Urlaubstagen."

„Wollen Sie damit etwa andeuten, dass ich etwas damit zu tun habe? Das geht wirklich zu weit! Ich gehe jetzt!", sagt Kasimir.

Kaum hat er zu Ende gesprochen, findet er sich kopfüber wieder. La Chicken hat ihn blitzschnell an den Füßen gepackt und lässt ihn nun baumeln.

„Ich weiß nicht, ob Sie den Ernst der Lage erkennen. Ihr Kollege ist seit gestern spurlos verschwunden. Und die Tatsache, dass Sie seit just diesem Tag Urlaub haben, ihr Wohnzimmer komplett mit Informationen über Weideland plakatiert ist und sie hier voll getarnt durch den Wald hechten, trägt nicht gerade zu Unschuldsvermutungen Ihrerseits bei."

„Bitte! Ich kann Ihnen alles erklären! Bitte lassen Sie mich runter!", fleht Kasimir wimmernd.

„Erzählen Sie es aus dieser Position heraus!"

„Also gut. Ich habe diese zwei Tage Urlaub, weil ich am Geo-Catching teilnehme. Und um das Ganze ein bisschen spannender zu gestalten, verkleide ich mich auf diese Art und verstecke mich vor imaginären Verfolgern", erklärt Professor Kasimir.

„Und übersehen dabei die echten, wie man an mir gesehen hat", grinst La Chicken. „Sie wissen schon, dass das ziemlich verschroben ist, was Sie da veranstalten?!"

„...sagte der Mann im Hähnchenkostüm", traut sich Kasimir zu sagen.

Als Antwort wird er circa 50 cm höher gehoben.

„Und was hat Ihr Wohnzimmer zu bedeuten?", fragt La Chicken nach.

„Ach das. Wilfried hat im nächsten Monat 20jähriges Dienstjubiläum. Zu diesem Anlass wollte ich ihm ein ganz besonderes Geschenk machen. Er bekommt ein Lebensbuch mit allen wichtigen Stationen seines Lebens."

„Und wenn das stimmen sollte, was Sie erzählen, weshalb weiß Elmo dann nichts von Ihrem Vorhaben?"

„Naja, Elmo ist halt ein Plappermaul und es kostet ihn größte Mühe, ein Geheimnis für sich zu behalten."

Mit einem zustimmenden Nicken bestätigt Lach Chicken, dass auch er diesen Wesenszug an seinem Freund Elmo kennt.

„Und genau deshalb haben wir uns dazu entschieden, dass ich mich allein um das Geschenk kümmere, damit es auch wirklich eine Überraschung wird", fährt Kasimir mit seiner Erklärung fort.

„Okay, das klingt wirklich alles plausibel", muss La Chicken zugeben. Dann herrscht kurzes Schweigen, bevor er weiter spricht: „Und deine Überprüfung war auch ergebnislos, wie ich gerade sehe."

La Chicken will den Mann gerade herunter lassen, als er einen Schlag verspürt und es um ihn herum schwarz wird.

Langsam kommt er zu sich und gewöhnt sich an das Dämmerlicht. Kaum kann er etwas erkennen, fällt es La Chicken wie Schuppen von den Augen: „Feuerfuchs", entfährt es ihm entsetzt.

„Ganz genau", grinst ihn der Schurke hinterlistig an. Erst jetzt registriert La Chicken, dass er an Händen und Füßen gefesselt ist. Sofort versucht er sich zu befreien.

„Spar dir die Mühe", feixt der Feuerfuchs. „Hier kommst du sowieso nicht raus."

Plötzlich erinnert sich La Chicken daran, dass er nicht alleine war, als Feuerfuchs ihn überrumpelt hat.

„Wo sind die Professoren?", fragt er, sich den Raum genau ansehend.

„Ja, sieh dich ruhig genau um in meinem Fuchsbau. Du wirst keine Gelegenheit mehr dazu haben, die Informationen weiter zu geben!"

„Was gibt es denn da auch weiter zu geben?", kontert La Chicken. „Ich sitze gefesselt in einer dreckigen und stinkenden Höhle, das interessiert doch niemanden."

Er sieht sofort, dass seine Provokation Wirkung zeigt. Sein Gegenüber ist nach wie vor ein eitler Fatzke. Die Zähne fletschend rennt der Bösewicht durch die Höhle und BANG verspürt La Chicken einen harten Schlag am Hinterkopf.

„Das ist keine Höhle", presst der Feuerfuchs zornig hervor. „Das ist ein in jahrelanger Kleinarbeit entworfener Fuchsbau. Und den letzten Feinschliff übernehmen die beiden Professoren", fügt er mit einem teuflischen Grinsen hinzu. „Es war wirklich ein feiner Zug von dir, mir den zweiten in die Hände zu spielen, das wirft mich in meinem Zeitplan weit nach vorne."

Während seiner letzten Worte hat er einige nach Wurzeln aussehende Hebel gedrückt, so dass sich die als Wände getarnten Türen aufschieben. La Chicken bekommt dadurch einen so unglaublichen Anblick geboten, dass er komplett vergisst, weiter seine Fesseln zu lösen.

Die beiden Professoren wurden vom Feuerfuchs als Mäuse verkleidet und laufen hektisch in den im Fuchsbau aufgebauten Laboren herum. Diese sind von riesigen Käfigen umgeben, die mit Plastikrohren verbunden sind.

„Versuchstiere?", fragt der Superheld ungläubig. „Du hast die beiden entführt, um sie als Versuchstiere zu verkleiden?"

„Mitnichten", dröhnt der Feuerfuchs lachend. „Aber ich fühle mich dadurch belustigt und die beiden sehen mal, wie sich ihre Versuchstiere fühlen."

„Was machen die beiden denn hier? Abgesehen von deiner Belustigung natürlich", wagt La Chicken einen weiteren Vorstoß.

„Was ist denn das für eine Frage? Die beiden helfen mir natürlich dabei, die Weltherrschaft an mich zu reißen", antwortet der Schurke.

„Ach so, klar", sagt La Chicken kopfschüttelnd. Wenn er jedes Mal beim Hören dieser Worte einen Euro bekommen hätte, wäre er ein reicher Mann. Und die Welt würde in komplettem Chaos versinken bei so vielen Machtwechseln. Gerade, als er seine Gedanken mit dem Feuerfuchs teilen möchte, fährt dieser enthusiastisch fort: „Und das werde ich natürlich mit meinen Tierfreunden erreichen. Deine beiden Wissenschaftler sind gerade dabei, mir einen Duftstoff zu entwickeln, mit dessen Hilfe ich mir die Menschheit gefügig machen werde. Und sie machen wirklich gute Fortschritte!"

„Das freut mich wirklich sehr für dich", wirft La Chicken sarkastisch ein, „verrätst du mir auch, wie du den Duftstoff zu den Menschen bringen möchtest?"

„Da du sowieso keine Möglichkeit hast zu entkommen und ich heute meinen großzügigen Tag habe, werde ich dich einweihen. Aber erst hörst du gefälligst mit diesem vermaledeiten Zwinkern auf, das macht einen ja ganz nervös!"

„Dagegen kann ich nichts unternehmen, durch den ganzen Staub hier sind meine Augen ganz trocken", erklärt La Chicken.

„Gut, wie dem auch sei", fährt der Schurke mit einem Schulterzucken fort, „die letzten Monate habe ich damit verbracht, mir den Fuchsbau perfekt einzurichten, war also die meiste Zeit im Wald. Dadurch habe ich mich natürlich mehr und mehr den Tieren angenähert und konnte den Leittieren schließlich so nahe kommen, dass ich ihnen einen Chip implantieren konnte. Durch ihn habe ich sie vollkommen unter meiner Kontrolle und damit auch alle anderen Tiere."

„Das erklärt natürlich die Tierscharen, die sich alle in die gleiche Richtung bewegen. Diese sollen dann mit dem Duft bestäubt und zu den Menschen geschickt werden?"

„Ganz genau", freut sich der Feuerfuchs. „Bist ein schlaues Kerlchen. Aber leider nicht schlau genug, denn sonst wärst du jetzt nicht in einer solch ausweglosen Situation", trumpft er auf und reibt sich schadenfroh die Hände.

Genau auf den Moment hat La Chicken gewartet. Feuerfuchs ist nun durch sein Eigenlob soweit unkonzentriert, dass der Superheld loslegen kann. Feuerfuchs will gerade weiter seinen Plan erläutern, als UUUAAA, La Chicken sich mit einem Schrei auf ihn stürzt. Durch das Überraschungsmoment hat er einen kleinen Vorteil, doch davon hat sich der Bösewicht schnell erholt. Es folgt Schlag auf Schlag, die beiden prügeln sich quer durch den ganzen Fuchsbau, während die beiden Wissenschaftler hinter ihren Gitterstäben gebannt zuschauen. Allerdings gibt es zwischenzeitlich nicht viel zu schauen, durch den aufgewirbelten Staub sind nur Schemen zu erkennen und Geräusche zu hören:

BANG　　　　**WUSCH**
　　POW

Doch dann legt sich der Staub und La Chicken findet sich im Schwitzkasten des Feuerfuchses wieder. Dieser nutzt seinen Vorteil, indem er mit einem lauten Pfeifen zwei gefährlich aussehende Füchse herbei ruft. Langsam kommen sie auf die Kämpfenden zu.

La Chicken schaut sich verzweifelt um und versucht den Griff seines Widersachers zu lockern.

„Jaha", grinst der Feuerfuchs, „da hat sich wohl jemand gewaltig überschätzt. Ich werde dich jetzt gleich meinen treuen Gefährten überlassen."

Und in die Richtung der Tiere zischt er unangenehme Laute, die La Chicken zwar nicht als Fuchslaute deuten kann, die aber ganz bestimmt Anweisungen für die Tiere sind, die sich negativ auf ihn auswirken werden.

Und er hat recht mit dieser Vermutung: Die Bewegungen der knurrenden und sabbernden Füchse in seine Richtung werden schneller und der Griff des Feuerfuchses lockert sich etwas. Genau darauf hat La Chicken gewartet. Er nutzt diese klitzekleine Chance für einen letzten Versuch. Mit aller Kraft packt er den Bösewicht und schleudert ihn in Richtung der Käfige, in denen die Professoren immer noch direkt hinter den Gitterstäben stehen.

„Jeeeetzt!!!", hallt es dabei durch den Fuchsbau. In dem Moment, in dem der Ruf des Superhelden durch die Höhle schallt, kommt Leben in den Professor Wilfried. Er hechtet zwei Schritte zur Seite und überschüttet den nun vor ihm liegenden Feuerfuchs mit einer Flüssigkeit. Augenblicklich verändert sich der Gesichtsausdruck des Schurken zu einem dümmlichen Grinsen und er bleibt bewegungslos liegen. Wilfried blickt verzückt auf sein Werk.

„Pfeif die Füchse zurück, Wilfried", ruft La Chicken dem Professor zu, während er sich rückwärts kriechend durch den Raum bewegt. Die Füchse folgen ihm und sind ihm schon bedrohlich nahe, bald werden sie sich auf ihn stürzen. Sie scheinen seine Angst zu genießen, so gemächlich, wie sie auf ihn zu kommen. Kurz überschlägt er seine Möglichkeiten, sie selbst zu überwältigen, aber die Tiere sind zu weit auseinander. Selbst wenn er den einen packen könnte, würde sich der andere sofort auf ihn stürzen.

Der Professor hat seine Freude unterdessen beiseitegeschoben und wendet sich dem Feuerfuchs zu: „Stopp die Füchse."

Der Schurke reagiert augenblicklich. Er stößt einige Zischlaute in Richtung der Füchse aus, die sich daraufhin sofort zurückziehen und die Höhle verlassen. Gerade rechtzeitig, denn La Chicken hatte sich bereits in eine Ecke der Höhle hinein manövriert. Von dort aus hätte er sich entweder ergeben oder auf einen wahrscheinlich erfolglosen Kampf mit den Tieren einlassen müssen.

Doch nun blicken sich der Superheld und Professor Wilfried triumphierend an.

„Wie habt ihr das gemacht?", fragt Kasimir entgeistert. Er hat während der letzten halben Stunde regungslos und mit offenem Mund die Situation verfolgt.

„Eigentlich war es ganz einfach", grinst La Chicken, während er dem Feuerfuchs, der immer noch dumpf vor sich hin grinsend auf dem Boden liegt, die

Schlüssel abnimmt und die Käfigtüren öffnet. Auch Wilfried kann sich ein Grinsen nicht verkneifen, als er aus dem Käfig heraustritt und seinem Entführer zuflüstert: „Hüpf auf einem Bein im Kreis."

Kasimir blickt nur verblüfft von einem zum anderen, als der Schurke tatsächlich dem Befehl des Professors Folge leistet. La Chicken und Wilfried lachen laut auf.

„Sollen wir ihn aufklären?", will Wilfried wissen.

„Ja, natürlich. Aber das machen wir auf dem Weg zur Polizei. Aber erst einmal beende dieses Gehüpfe. Und dann lass den Feuerfuchs die implantierten Chips in den Tieren abschalten."

Wilfried gibt den Befehl weiter, der Bösewicht hört auf zu hüpfen, nimmt einen kleinen Metallkasten aus seiner Tasche und drückt den sich darauf befindlichen Knopf. Augenblicklich erlöschen alle blinkenden Lichter im Labor. La Chicken entreißt seinem Widersacher den Kasten und zerstört ihn mit einigen festen Tritten. Anschließend beginnt er damit den Feuerfuchs zu fesseln.

„Das muss doch nicht sein, er hört doch auf mich", wirft Wilfried ein.

„Sicher ist sicher", antwortet der Superheld und schleppt den Verschnürten zum Ausgang des Fuchsbaus, wo bereits die rasende Eierschale wartet.

„Wie sollen wir denn alle da rein passen? Oder willst du uns etwa hier zurück lassen?", fragt Kasimir.

„Keine Sorge, wir fahren alle zusammen! Die rasende Eierschale ist ein wahres Raumwunder."

Und wirklich, in der von außen winzig anmutenden Eierschale ist es so geräumig wie in einer

Großraumlimousine.

Auf dem Weg zur Polizeistation berichtet La Chicken dem gespannten Kasimir endlich, wie es zu ihrer Rettung gekommen ist: Als letzte Info hat La Chicken von seinem Freund Elmo erfahren, dass auch Wilfried das Zwinker-Morse-Alphabet beherrscht. Deshalb hat er trockene Augen vorgetäuscht und dem Professor seinen Plan erläutert. Dieser hat dann in Windeseile das Serum des Feuerfuchses mit Hilfe seiner eigenen DNA soweit verändert, dass der Schurke dem Professor absolut hörig wurde. Dadurch konnten die den Tieren implantierten Chips abgeschaltet, die drei Gefangenen befreit und die Menschheit gerettet werden.

Und der Feuerfuchs sitzt wohlverdient für eine sehr, sehr lange Zeit im Gefängnis.

Zwei Wochen später:

La Chicken sieht sich in dem großen Saal um. Da hat Kasimir wirklich ganze Arbeit geleistet, als er die Feier zum Dienstjubiläum seines Kollegen organisiert hat, denkt der Superheld anerkennend. Wirklich jede Station aus dem Leben des Professors ist hier vertreten.

Der Jubilar ist auch angemessen gerührt, er hält gerade eine Dankesrede an seine Kollegen: „... der wirklich schönste Tag, den ich mir vorstellen kann! Vielen, vielen Dank ihr beiden!!!" Elmo und Kasimir blicken sich lächelnd an, als die anderen Gäste Wilfried mit einem lauten Applaus zustimmen.

„Weiterhin möchte ich noch jemandem danken, ohne

den wir heute Abend nicht gemeinsam hier wären." Alle blicken sich neugierig um. Natürlich wissen alle, worum es sich handelt und wann bekommt man schon einmal die Chance, einen Superhelden hautnah zu erleben?!

„Ihr könnt aufhören, ihn zu suchen, La Chicken ist heute Abend nicht anwesend", reagiert der Professor auf die suchenden Blicke seiner Gäste. Dabei zwinkert er seinem Retter unauffällig zu. La Chicken atmet erleichtert aus. Er ist immer etwas besorgt, dass seine Tarnung auffliegt. Aber die Professoren haben Wort gehalten und seine Identität für sich behalten. So kann er den Abend völlig unbehelligt als Privatmensch genießen. Unterdessen fährt Wilfried mit seiner Dankesrede fort: „Ein allerherzlichstes Dankeschön an meinen Lieblings-Superhelden La Chicken, ohne den weder Kasimir noch ich, noch wahrscheinlich ihr den heutigen Abend genießen könntet." Tosender Applaus brandet auf. „Und genau das bitte ich euch zu tun: esst, tanzt, trinkt und habt jede Menge Spaß! Auf mich!", beendet Wilfried seine Ansprache mit einem Grinsen. Seine Gäste heben lachend die Gläser, die Musik setzt ein und alle feiern ausgelassen bis in die Morgenstunden ihren Freund und die Heldentat des La Chicken.

Dieser kann nicht bis zum Schluss an den Feierlichkeiten teilnehmen. Kurz nach Mitternacht entdeckt er sein Zeichen am Himmel und erhält einen neuen Notruf. Schnell macht er sich auf, um erneut die Welt zu retten.

Aber das ist eine andere Geschichte...

Vielen Dank fürs Lesen dieses kleinen Büchleins! Ich hoffe, ich konnte euch mit meinen Geschichten ein kleines Schmunzeln entlocken! Gebt mir gerne eine Rückmeldung, auch negative Kritik nehme ich gerne an!

Die gestempelten Zitate in diesem Buch stammen allesamt nicht von mir. Leider war es mir bei vielen nicht möglich, die Verfasser herauszufinden. Die folgenden konnte ich glücklicherweise zuordnen:

- Unfug denkt man sich nicht aus, Unfug wird´s von ganz allein. (Michel von Lönneberga, A. Lindgren)
- Ein Nasshorn und ein Trockenhorn spazierten durch die Wüste. Da stolperte das Trockenhorn und´s Nasshorn sagte: „Siehste." (Heinz Erhardt)
- Ein bisschen Spaß muss sein! (Roberto Blanco)
- Warum sitzen, wenn ich auch liegen kann?! (Katinka Buddenkotte)
- Alle guten Dinge haben etwas Lässiges und liegen wie Kühe auf der Wiese. (Friedrich Nietzsche)
- Probier´s mal mit Gemütlichkeit! (Balu, Das Dschungelbuch)
- Wenn man dat Schlechte nich wegkricht, muss man viel Jutes drüber kippen. (F. Backmann, aus: Oma lässt grüßen und sagt es tut ihr leid)

Schaut euch auch gerne meine Kinderbücher an:

- Lilo und die Detektei Wüstenwind – Wo ist Tante Kunigunde? > Eine Abenteuergeschichte für Kinder ab 8 Jahren
- Zauberer Wolkenwandler und die Ananasprinzessin > Eine Geschichte über Freundschaft für Kinder ab 6 Jahren